FELICITÀ

Serena Giuliano, la plus italienne des autrices françaises, vit près de Metz. Elle a écrit *Ciao Bella*, *Mamma Maria* (prix Babelio 2020 et prix Machiavel du roman Cercle Leonardo da Vinci 2020), *Luna* (Prix des lecteurs U 2022), *Sarà perché ti amo*, *Un coup de soleil* et *Felicità*, qui ont conquis plus de 1 million de lecteurs.

W0210931

Paru au Livre de Poche :

Luna
Sarà perché ti amo
Un coup de soleil

SERENA GIULIANO

Felicità

ROMAN

ROBERT LAFFONT

© Éditions Robert Laffont, 2024.
ISBN : 978-2-253-25144-6 – 1re publication LGF

Per Alessio,

À Noëlle.

« L'amitié est une âme en deux corps. »

Aristote

« Je prendrai, dans les yeux d'un ami,
ce qu'il a de plus chaud, de plus beau
et de plus tendre aussi. »

Jacques Brel

Le soleil brille comme jamais. Non mais comment ose-t-il ?

Le ciel devrait être à mon image, en larmes. Il devrait pleuvoir comme je pleure, pleuvoir tout ce qu'il a dans le ventre, gronder, afficher une sale mine.

Il m'est tombé sur la tête il y a quarante-huit heures, pourtant il a déjà repris sa place. Tout bleu, tout beau. Comme si de rien n'était. Comme si on pouvait continuer de vivre, alors que je n'arrive plus à respirer.

Je serre ma filleule dans mes bras, elle est comme le soleil : radieuse. À un an, rien n'est grave, à part un jouet cassé, ou un petit bobo au genou parce que le pas n'est pas encore assuré.

J'enfouis mon nez dans ses bouclettes brunes ; j'inspire profondément, et j'essaie de calmer mon corps qui tremble.

Du jour où Bianca est venue au monde, tu as eu ce parfum, celui de ta fille. Comme si elle et toi n'étiez qu'une seule et même personne.

Tu l'as tellement attendue, tellement rêvée, cette petite… La quitter ne serait-ce qu'une minute te rendait malade.

Comment va-t-on faire, elle et moi, maintenant que tu n'es plus là ?

PRINTEMPS

Livia & Francesco

1

Cela fait un mois que ma vie a basculé. Un mois que je vis avec une douleur constante sur la poitrine, et un trou béant dans le cœur.

Les premiers jours, la souffrance était telle qu'il m'était impossible de m'extraire du lit.

Il n'y a pas de congé accordé pour la perte de sa meilleure amie ? Pas même si elle était un double depuis la cour d'école, une sœur d'une autre mère, une jumelle d'un autre ventre ?

J'ai dû me mettre en arrêt pendant une semaine. C'est le délai qu'on m'a imposé pour guérir de cette « maladie »… Cette maladie qui vous broie le cœur, qui vous coupe l'appétit et dresse un barrage dans votre gorge, qui vous fait oublier la façon dont on sourit.

Le deuil, ça s'appelle.

Pas de traitement pour s'en sortir, pas de médicament pour soulager. Rien.

Depuis mon arrêt, les jours et les semaines se sont succédé, péniblement. Le réveil a déjà sonné deux fois, il est temps d'enclencher mon pilote automatique.

Un pied, puis l'autre. Se redresser, enfiler un peignoir, se traîner jusqu'aux toilettes, atteindre la cuisine, allumer la machine à café… Et ne pas trébucher sur Totò, mon teckel nain qui quémande caresses et attention sans comprendre pourquoi sa maîtresse a cessé tout à coup de fonctionner correctement.

Sa technique, c'est de m'asséner des petits coups de museau froid au niveau du mollet, jusqu'à ce que je le regarde. Là, fier d'avoir réussi à voler quelques secondes à mon chagrin, il se roule sur le dos, les quatre pattes en l'air, pour me présenter son ventre doux et chaud comme une récompense. J'y pose la main et lustre son pelage fauve, et Totò remue la queue en bougeant le moins possible le reste du corps pour ne pas en perdre une miette. On dirait même qu'il me sourit.

Je m'installe sur mon petit balcon. Milan est agitée, ce matin. Comme tous les matins. J'adore l'ambiance de cette ville qui ne s'arrête jamais, et ma rue est une des plus animées. Les commerçants s'affairent déjà devant leurs vitrines. Matilda, ma voisine d'en face, aère son salon et arrose ses géraniums ; les livreurs débutent leur tournée et font enrager les automobilistes. Concert de klaxons. Cartables colorés sautillant sur les petites épaules des enfants qui courent vers le bus… Tout le monde semble pressé de commencer cette journée. Et moi je suis incapable de quitter mon pyjama et de me brosser les dents, comme s'il s'agissait de gravir l'Everest.

Je me traîne jusqu'à mon sac pour consulter mon agenda : une réunion avec l'équipe m'attend dans une heure.

J'ai perdu goût à tout. Azzurra est partie en emportant ma joie de vivre, et notre rituel du réveil. Avant, j'écoutais ses messages vocaux pendant le petit déjeuner – ses *podcasts*, devrais-je dire ! Car pas un ne durait moins de dix minutes.

Chaque matin, après avoir déposé ma filleule chez la nounou, mon amie s'enregistrait pour me raconter tout et n'importe quoi. Elle me déballait son journal intime, façon monologue. Sa voix accompagnait tous mes débuts de journée, et elle était la seule que j'écoutais attentivement – alors que je suis du genre à m'impatienter et à préférer le mode accéléré.

Mais les mots d'Azzurra, eux, je les dégustais, ils comptaient. Aujourd'hui, il ne me reste plus qu'un infini silence.

2

9 heures. L'équipe est au complet autour de la table de réunion – qui fait aussi office de table à manger, de comptoir à café, de bar pour l'apéro… Il y a Fabio qui s'occupe des fleurs et de la déco, Laura de la cuisine, et Ludovica, mon assistante, qui, ces derniers temps, a fait bien plus que m'assister : elle m'a carrément maintenue debout.

Depuis le décès d'Azzurra, mes coéquipiers m'accueillent avec un regard compatissant, et leur «*Come stai ?*» est teinté d'inquiétude. Pour unique réponse, je ne leur adresse souvent qu'un haussement d'épaules. Je n'arrive pas à mettre de mots sur cet état qui me dévore; je ne veux pas leur mentir, mais je ne veux pas en rajouter non plus.

L'ordre du jour : le mariage de Livia et Francesco dans deux semaines.

Car voilà bientôt huit ans que j'organise des mariages autour du lac de Côme. J'ai commencé seule, puis, petit à petit, ces belles personnes, en plus de constituer ma *team* d'enfer, sont devenues de vrais amis.

Célébrer l'amour, c'est quand même un métier de rêve ! Et aussi loin que je remonte dans ma mémoire, les mariages me transportent sur un petit nuage. Un petit nuage rose et doux où se tricote la joie. Enfant, chaque dimanche, je guettais les festivités devant les églises de Milan, pour me glisser parmi les familles et admirer les robes de mariée, les yeux émus des futurs époux, la fierté des papas conduisant leur fille à l'autel…

C'est bizarre, j'ai toujours su que j'en ferais mon métier, et que je pourrais aider à fabriquer LA journée inoubliable. Et puis, quel plus bel écrin pour cet événement que notre lac sublime, qui me fascine tant ?

J'ai un mal fou à me concentrer. Les discussions, les questionnements et les propositions des uns et des autres me parviennent comme un bourdonnement approximatif. Plusieurs fois, Ludovica me caresse discrètement le bras pour que je revienne. Elle me connaît bien, Ludovica. Elle sait que je peux être ici et en même temps très loin. Physiquement là, mais en vrai sur une autre planète.

Les futurs mariés vivent en Sardaigne ; ils font une dernière fois le déplacement jusqu'au lac avant le grand jour, afin de valider les ultimes préparatifs. Il faut que je sois au point. Au prix où je facture mes services, on se doit d'être irréprochable ! Livia et Francesco paient cher pour vivre *le plus beau jour de leur vie*. Alors même si ma douleur est immense, elle ne doit pas venir troubler leur bonheur.

« Valentina ? Valentina ? »

J'atterris de nouveau au bureau. Laura me tend quelque chose.

« Mange un bout, je t'ai préparé ton gâteau préféré. Noix et chocolat. »

Cette attention fait dans la seconde jaillir un torrent de larmes de mes yeux, qu'il m'est impossible de maîtriser. Je prie mes amis de m'excuser, quitte la salle de réunion et m'enferme aux toilettes.

C'est quand je m'asperge le visage d'eau fraîche que mon portable vibre dans la poche arrière de mon jean… Une photo de ma filleule dans les bras de son papa s'affiche sur l'écran. Je décroche en retenant mon souffle, comme si j'espérais que Federico m'annonce que tout cela n'était qu'une mauvaise blague, que sa femme se tient près de lui, prête à lui arracher le combiné pour me proposer un Spritz ce soir. Prête, surtout, à se moquer de la tête d'enterrement que l'on tire tous depuis un mois. Depuis qu'un foutu camion a percuté sa voiture et nous a laissés comme des abrutis.

Mais il n'en est rien. Il voudrait simplement m'inviter à dîner. Ce sera un « apéro amélioré » : avec la petite, il n'a pas le temps de faire mieux.

J'accepte, même si j'ai le sentiment que mon moral va encore en prendre un coup.

3

Il est 20 h 30 lorsque je toque à la porte. Cette porte devant laquelle je suis restée plantée dix bonnes minutes avant de réussir à me lancer.

Je ne suis revenue qu'une fois depuis le décès d'Azzurra, pour aider son mari à faire du tri dans ses affaires. Si je l'avais écouté, il aurait fallu tout emporter : les vêtements, les livres, les crèmes, les bijoux. C'était trop douloureux, pour lui, de vivre au milieu de tout ce qui rappelait Azzurra, et qui représentait autant de souvenirs. Je lui ai promis d'opérer une sélection, et de garder précieusement ce qui, un jour, devrait revenir à leur fille.

Jusqu'à présent, je n'ai pas eu le courage d'entrouvrir le moindre sac, et j'ai enfermé tout ce qu'il subsiste d'Azzurra dans ma chambre d'amis, que désormais je n'ouvre plus.

Lorsque Federico m'accueille, j'entends mon cœur se briser à nouveau – à croire qu'il avait commencé à se reformer.

Il a minci; ses cheveux, sa barbe et ses cernes ont gagné du terrain. Je ne dois pas être jolie à voir non plus, car il me sourit tristement, penche la tête sur le côté, puis m'ouvre grand les bras pour que je m'y réfugie.

Nous prenons racine là, sur le seuil de l'appartement. Cette étreinte me réconforte ; j'ai l'impression que Federico est le seul à pouvoir comprendre ma douleur.

C'est un cri de Bianca qui nous extrait de ce moment suspendu. Immédiatement, je sens qu'un sourire se dessine sur mon visage, et je cours retrouver mon bébé dodu.

Elle est en pyjama, assise dans son petit parc au milieu du salon. Lorsqu'elle m'aperçoit, ses yeux s'écarquillent, et elle me tend les bras.

Je hisse ma petite fée jusqu'à moi et lui applique un énorme baiser sur la joue. Elle sent le Mustela et la Soupline, et ses cheveux sont encore humides du bain.

Trop occupée à lui parler d'une voix complètement gaga, je ne remarque pas tout de suite les cartons parsemés dans l'appartement. Il y en a partout, pourtant. Et je me rends compte que j'ai même dû en enjamber un pour arriver jusque-là. À ma droite, la bibliothèque est quasi vide, et, au-delà de la verrière, dans la cuisine, une partie de la vaisselle s'est parée de papier bulle.

Je questionne Federico du regard. Il se gratte la tête et baisse les yeux, embarrassé.

« Tu as besoin que j'emporte encore des affaires ? je lui demande.

— Non, Vale… Tu veux boire quelque chose ?

— Un verre d'eau, s'il te plaît. »

Je prends place sur le canapé, la petite dans les bras. J'ai peur de comprendre ce qui se joue sous mes yeux.

« Tiens, ton verre d'eau.

— Qu'est-ce qui se passe, Federico ?

— J'ai préparé des *spaghetti*, tu as faim ?

— Non. Je veux savoir ce qui se passe, s'il te plaît.

— Nous… Nous déménageons.

— Un nouvel appartement ?

— Oui. »

Me voilà rassurée.

« Je comprends. C'est trop dur de vivre ici sans Azzurra, c'est ça ?

— Ça l'est. Tu n'imagines pas à quel point.

— Tu as trouvé dans quel quartier ?

— …

— Dans quel quartier, Fede ?! »

Mon ton est tout à coup plus dur, plus sec. Je suis tétanisée, à tel point que je serre Bianca un peu trop fort et qu'elle s'agite. Je relâche mon étreinte et l'embrasse sur le front pour m'excuser.

« Nous partons en Sicile. Auprès de mes parents et de ma sœur. Je suis désolé, Valentina. J'ai besoin d'aide, avec la petite. Je me sens seul, ici ; plus rien ne me retient. J'ai demandé une mutation à ma boîte. Personne ne veut s'installer dans le Sud, alors ça a été simple à obtenir. Je l'ai annoncé à mon beau-père et je lui ai proposé de nous accompagner, maintenant qu'il est à la retraite. Il pourrait profiter de sa petite-fille, et ça lui ferait du bien de changer d'air. Il m'a dit qu'il allait y réfléchir sérieusement… Je… Je suis vraiment désolé. »

Sous le choc, je ne parviens pas à formuler de réponse. Je me lève, berce machinalement ma filleule en faisant les cent pas.

« Tu pourras venir quand tu veux, bien sûr. Il y a des vols quasiment tous les jours depuis Malpensa pour Palerme. Je sais que c'est difficile à encaisser pour toi…

— Vous partez quand ? »

Ces trois mots, j'arrive à peine à les articuler.

« Dans deux semaines. »

4

Je n'ai pas fermé l'œil de la nuit.

L'idée d'être séparée de Bianca me hante. Je n'ai rien pu avaler, hier soir. Je suis restée une heure chez Federico, sans réussir à dire grand-chose, et, une fois Bianca couchée, je suis partie.

Fede s'est excusé mille fois de m'imposer cette séparation. Il sait combien leur fille compte pour moi, il sait combien je souffre. Je comprends qu'il ait besoin de se reconstruire auprès de sa famille : il est veuf à trente-cinq ans, Bianca est orpheline de mère à un an à peine. Mais ils sont ma famille, à moi aussi. Et, en l'espace d'un mois, j'ai tout perdu.

J'ai peur que ma filleule m'oublie. Comment parvenir à garder notre lien précieux, alors qu'une mer va nous séparer ? Bianca est encore si petite…

À la mort de sa maman, j'ai promis de lui parler d'Azzurra le plus souvent possible. Je veux qu'elle connaisse celle qui l'a mise au monde, je veux qu'elle sache quelle femme formidable elle était.

Comment tenir parole, si elle vit si loin de moi ?

Je me lève et saute dans un jogging à tâtons. Il est 5 heures, l'appartement est encore plongé dans le noir.

Totò, en boule au pied de mon lit, ouvre un œil et semble se demander quelle mouche m'a piquée, puis, tel un bouddha, le referme immédiatement.

Ce chien irait au bout du monde pour moi, mais pas avant l'aube ! Faut pas déconner…

J'attrape mes clés au vol et sors de l'appartement. Milan est encore endormie, et c'est rare de la voir si calme. Alors je ralentis le pas, pour en profiter. Quinze minutes plus tard, j'arrive devant une grille close. Le cimetière ne sera accessible que dans quelques heures, mais je ne peux pas attendre.

J'ai besoin de parler à Azzurra.

J'escalade le petit portillon, en me maudissant d'être si peu souple.

« Regarde ce que tu m'obliges à faire, meuf ! C'était pas plus simple, quand je pouvais t'envoyer un texto ?! »

J'atterris par miracle de l'autre côté de la grille, avec l'agilité d'un balai.

Il ne me faut pas longtemps pour retrouver l'allée qui mène jusqu'à Azzurra – je pourrais la trouver les yeux fermés, ce qui est un avantage dans la nuit que n'atténuent encore que les lumières de la ville. Une fois arrivée, je sens monter en moi un accès de colère, avant d'apercevoir sa photo sur le marbre gris. Alors, un souffle de tendresse vient tout balayer.

« Qu'est-ce que tu fous ici, au milieu de tous ces vieux, hein ? C'est pas ta place, Azzù ! »

Ma voix résonne dans le silence qu'un oiseau ne vient même pas perturber, le gravier crisse sous mes pieds tandis que je ne peux m'empêcher de faire les cent pas devant la tombe, qui croule sous les fleurs – des camélias, des roses de Noël, des violettes… Les fleurs, elle adorait. Enfin, elle adorait sur la table de son salon. Là, j'en suis moins sûre.

« Fede va emmener Bianca. Oh, je sais que tu le sais, ne joue pas les innocentes ! Et je vais faire comment, moi ? Sans toi ? Sans elle ? Ooooh ?! Tu m'écoutes ou bien ? Je suis toute seule, Azzù ! Je baigne dans mon chagrin jusqu'au cou, et je dois continuer à organiser des *plus-beau-jour-de-ma-vie* à des gens dont je me fous, parce que c'est mon métier. Qui est-ce qui m'a fait faire cette connerie ? Hein ? Qui est-ce qui m'a encouragée, alors que j'aurais pu être… Je sais pas, moi… Infirmière en soins palliatifs, tiens ! Au moins, je n'aurais pas eu à me cacher pour chialer ! »

Je pousse un pot pour poser mes fesses sur la pierre. Ce petit coup de frais fait redescendre la pression.

« Azzù, tu voulais tellement que Bianca connaisse notre histoire… Qu'elle vive un jour une amitié comme la nôtre… Je sais bien que Federico lui parlera de nous. Je sais que je pourrai aller la voir quand je veux… Mais j'ai tellement peur que ce ne soit pas suffisant ! J'ai peur qu'elle m'oublie, qu'elle ne mesure pas à quel point tu comptes pour moi… »

Par quelle magie réussit-elle, dans le silence le plus absolu qui soit, à apaiser peu à peu ma rage ? Ce n'est pas que je me sente mieux, mais c'est comme si j'avais épuisé mon sac de récriminations.

« Tu te rends compte que tu as beau être morte, je viens encore te demander conseil ? Bon sang ! Y a-t-il plus belle preuve d'amitié ? »

Je finis par me taire complètement. Un oiseau commence à chanter quelque part dans le cimetière, pour remercier le soleil de se lever. J'ignore depuis combien de temps je suis là, mais j'ai le postérieur glacé.

La fatigue me gagne. Je pose la tête sur mes genoux, et je m'assoupis quelques secondes, quelques minutes peut-être, jusqu'à ce que la notification d'un mail me réveille.

Tout s'éclaire.

« Bien sûr ! Merci, t'es la meilleure. Même six pieds sous terre, tu gères ! »

Je me baisse pour déposer un rapide baiser sur la photo et cours en direction de la maison.

De : latuaziatina@gmail.com
À : auguribianca@gmail.com

Bianca, *tesoro*,

Je viens de créer ta toute première adresse mail, alors que tu n'as qu'un an. Dans dix-sept ans, cette façon de communiquer sera peut-être totalement *has been* ; d'ici là, on nous aura sûrement implanté une puce sous la peau, et on pourra échanger par télépathie… Mais, à l'heure où je t'écris, je te jure que le mail, c'est ce qui se fait de mieux.

Ta maman nous a quittés il y a un mois, et, bientôt, tu partiras vivre avec ton père en Sicile.

Lorsque tes parents m'ont fait le cadeau de devenir ta marraine, j'ai immédiatement pris ce rôle très à cœur. Tu allais être un mix entre une fille, une nièce et une meilleure amie, et nous serions dès lors inséparables. C'était mon projet.

On était bien lancées : tu souris et pousses des petits cris dès que tu m'aperçois (même quand j'ai une sale tête), tu me tends tes bras potelés, tu te loves contre moi, et tu ris aux éclats quand je mime mes plus horribles grimaces. Tu es mon meilleur public et, en retour, j'accepte que tu baves sur mes jolies fringues. Ce qui me semble un très bon compromis.

Je n'avais pas envisagé tout ce qui nous arrive : la perte de celle qui nous a unies, ni cette distance sur le point de nous séparer. Je n'avais pas envisagé ma vie sans toi, sans vous.

Surtout, j'aurais voulu te raconter une histoire. La plus belle histoire d'amitié de tous les temps, celle qui nous a liées pendant trente ans, ta mère et moi.

Alors je vais te l'écrire, et, à ton dix-huitième anniversaire, je te donnerai l'accès à cette boîte mail (en plus d'un vrai cadeau palpable, car ne va pas croire que ta marraine est radine), pour que tu découvres quelle femme merveilleuse était Azzurra De Andrea. Ta maman.

5

J'en suis à mon troisième café quand Livia et Francesco, les futurs mariés, pénètrent dans le hall de l'hôtel qui accueillera la cérémonie et la réception de leur mariage. Lorsque, par mail, je leur avais soumis des photos de cet endroit, ils en étaient tombés amoureux. Quelques mois plus tard, alors qu'ils le découvraient physiquement, j'avais cru apercevoir des petits cœurs sortir de leurs yeux.

Il Castello sul lago fait toujours cet effet-là. Pittoresque, mais à taille humaine, avec un jardin merveilleux qui donne sur le lac. Un véritable miracle.

Ludovica les installe et leur propose quelque chose à boire. Francesco décline, Livia accepte un café.

« Avec un demi-sucre de canne et un verre d'eau plate extrêmement fraîche à côté, *per favore*. »

Eh bien voilà ! Cette demande résume à elle seule la personnalité de celle qui l'a prononcée.

Ils sont jeunes : vingt-neuf ans pour Mademoiselle, un de plus pour Monsieur. Elle, petite blonde aux yeux clairs. Elle est avocate, lui dirige plusieurs bijouteries en Sardaigne. C'est Papa Livia qui paie ces noces, et il ne regarde pas à la dépense. Francesco n'a pas vraiment son mot à dire.

J'ai l'habitude. Dans la plupart des mariages, ce sont les dames qui mènent la danse. C'est cliché et sexiste, mais le mariage reste encore, dans la grande majorité, un rêve de petite fille.

Livia sait ce qu'elle veut, et, surtout, ce qu'elle ne veut pas. Ce qu'elle ne veut pas : d'autres fleurs que des blanches, des invités habillés de couleurs trop vives (elle a donné une palette précise de nuances interdites, avec un gros « ATTENTION » à côté du violet, rédhibitoire), de la courgette dans les plats, ou de la coriandre, les confettis, le riz, les pétales ou autres cotillons qui pourraient atterrir dans ses cheveux et gâcher sa coiffure. Et pas d'eau trop gazeuse !

« Il faut qu'elle soit *finement* gazeuse. Sinon les gens sont ballonnés et passent une mauvaise soirée. »

Lorsqu'elle m'avait exposé toutes ces doléances à l'occasion de notre première rencontre, presque un an plus tôt, j'avais hésité à lui expliquer qu'en général ce n'est pas l'eau gazeuse, le problème. Mais plutôt les repas à rallonge, et les petits verres qui s'enchaînent jusqu'à ce que, oui, la soirée tourne au vinaigre. Je m'étais abstenue et avais acquiescé en prenant des notes.

Je voulais qu'elle signe avec moi.

Ludovica fait le point : les chambres – dont la suite pour les jeunes époux – sont réservées. La plupart des invités logeront à l'hôtel, et un brunch est prévu dans le jardin le lendemain à 11 heures.

Dernier *check* au menu, à base de produits sardes, qui mettra à l'honneur la région des mariés. Laura, notre cheffe cuistot, s'est dépassée ; on s'était régalés lors de la dégustation, et j'ai de nouveau l'eau à la bouche rien qu'à l'évocation des plats.

Compositions florales pour la cérémonie : OK. Pour les tables : OK. Pour le bouquet : OK.

« L'orchestre a bien reçu la playlist de tous les morceaux ? demande Livia.

— Euh, on a fait une playlist, chérie ? » s'étonne Monsieur.

Elle balaie sa question d'un geste de la main et sourit à Ludovica en attendant une réponse.

« Oui, bien sûr, j'ai tout transmis. Ils m'ont assuré qu'ils pourront tout jouer.

— Il faut que ce soit dans l'ordre exact. Je compte sur vous !

— Je le leur ai précisé, confirme mon assistante.

— On a fait une playlist ? » insiste Francesco en mode perroquet.

Le rendez-vous terminé, Ludovica me propose de grignoter dans le jardin, face au lac, et d'avancer sur les prochains mariages.

La saison démarre à peine et est particulièrement chargée. On dirait que tout le monde veut se marier au lac de Côme – pour le plus grand bonheur de mon comptable.

« Merci d'avoir assuré le rendez-vous de ce matin, dis-je à mon assistante. J'ai fait office de plante verte. Je ne suis bonne à rien, en ce moment.

— C'est normal, Vale. Je sais bien que c'est encore dur pour toi. Je suis déjà contente de te voir tenir debout.

— N'empêche que, sans toi, j'aurais dû mettre la clé sous la porte. »

Le portable de Ludovica sonne, elle répond et me signale qu'elle risque d'en avoir pour un petit bout de temps. Je me force à avaler encore quelques bouchées ; c'est douloureux, mon estomac est complètement noué et rejette tout en bloc.

Une belle lumière de printemps épouse le lac. Avec les arbres en fleurs, j'ai l'impression de figurer dans un tableau. Je ne me lasse pas de ce paysage, chaque jour différent ; à croire que toute la beauté du monde s'est donné rendez-vous ici, autour de cette petite mer.

Même par temps pluvieux, même sous la neige, même quand tout est fermé et que les ruelles sont vides.

J'allume mon ordi, lorsqu'un petit moineau se pose sur notre table.

Depuis qu'Azzurra est partie, je vois des signes partout. Je me dis que c'est sa façon de me suggérer qu'elle est là, de me faire coucou. Je décide que cet oiseau en est un. Que c'est elle qui vient déjeuner avec moi. Je m'accroche à ça pour tenir.

Je chuchote, pour que nul n'assiste à ma chute lente mais certaine vers la folie.

« Je sais que c'est toi. Tu bois quoi ? Un Spritz ? J'en étais sûre ! T'as un vrai problème, avec le Spritz, ma vieille. Laisse-moi te le dire. Je pense que ton corps est composé à soixante-dix pour cent d'Aperol. Moi je suis à l'eau, comme tu peux le constater. Parce que, à cause de toi, je ne mange plus. Alors si en plus je bois… Je ne donne pas cher de ma peau. Oh, c'est pas l'envie qui me manque ! Mais j'ai l'alcool triste, tu le sais bien. Et sur l'échelle de la tristesse, je suis déjà tout en haut, prête à me jeter au sol. Donc bon, on va éviter d'en rajouter… »

Le moineau me jette un coup d'œil gêné et s'envole.

« Oui, bah va-t'en ! Tu fais que ça, t'en aller, de toute façon. »

6

« Merci de la garder ! Je vais régler ces histoires de paperasse, je serai de retour de Palerme demain soir. Je t'ai apporté tout ce dont vous aurez besoin. »

Federico me tend un énorme sac qui déborde de doudous, couches, biberons, et un tas d'autres trucs que je n'arrive pas à identifier ; il gare la poussette dans l'entrée de mon appartement, me colle ma filleule dans les bras, et enfin nous embrasse – moi sur la joue, sa fille sur le front – après avoir appelé un taxi pour l'aéroport.

Je ferme la porte, ôte son manteau à la petite, et m'accroupis pour que Totò, qui fait la fête à Bianca, puisse lui renifler consciencieusement les pieds ; et je m'affaisse sur le canapé, ma filleule toujours agrippée à moi tel un petit koala.

Elle est là depuis une minute trente, et j'ai déjà l'impression qu'un ouragan a ravagé ma maison.

« Bon, on va s'en sortir, toutes les deux, hein ? Tu veux bien coopérer ? J'ai prévu de t'emmener au bureau ; tu verras, ça va être super. Et puis on ira au parc et au restaurant en tête à tête, d'accord ? Ça te paraît sympa, comme programme ? »

J'ai un sourire à huit dents en guise de réponse, que j'interprète comme un oui.

Traverser Milan avec un chien et une poussette est une entreprise difficile. Je pense à Azzurra, qui suivait ce trajet chaque matin pour déposer sa fille chez la nounou avant d'ouvrir son salon de coiffure – son premier *bébé*.

Ma meilleure amie avait un don pour s'occuper des autres. Des femmes, surtout. Elle voulait que ses clientes aient, chez elle, le droit à une véritable parenthèse de détente.

« Tu sais, faire les racines, couper les pointes ou se payer une nouvelle coupe, ce n'est qu'un prétexte. Ce qu'elles désirent, comme toutes les femmes de cette Terre, c'est une heure ou deux de tranquillité. C'est ça, que je leur offre », clamait-elle.

Comme moi, Azzurra s'était lancée seule. Et comme moi, elle s'était petit à petit entourée d'une équipe professionnelle, efficace et profondément humaine. « Ses filles », ainsi qu'elle les appelait – alors que certaines avaient l'âge de sa mère –, étaient sa deuxième famille.

C'est Isabella, son bras droit, qui a repris les rênes du salon. Je n'ai pas encore réussi à y remettre les pieds, mais elle m'a assuré que mon rendez-vous hebdomadaire restait réservé dans l'agenda, pour le jour où je serais prête.

À l'agence, Ludovica fait les cent pas au téléphone ; je comprends qu'elle gère une situation délicate. Laura est là aussi.

« Je passais dans le coin. Je vous ai apporté des cafés ! Ton *macchiato* est sur ton bureau, dit-elle en me prenant Bianca des bras tout en empruntant une voix hyperaiguë pour la saluer.

— Merci Laura, tu es un cœur.

— C'est mon rêve…

— Quoi donc ?

— D'avoir une fille !

— … Oh. Je te souhaite qu'il se réalise. Quelque chose me dit que tu seras une mère merveilleuse. »

Elle m'adresse un sourire mitigé tandis que Ludovica nous rejoint.

« C'était Livia, elle est furieuse. Grosse dispute avec Francesco, qui ne veut pas d'orchestre mais un DJ !

— Pardon ? À quelques jours de la cérémonie ?

— Il paraît qu'il a pété un plomb quand il a appris qu'elle avait décidé seule de la playlist… Pourtant, il n'était pas très investi, jusqu'alors. Enfin, il exige un DJ. Sinon, il menace d'annuler le mariage.

— On peut en trouver un en dernière minute ? je demande.

— Le problème, c'est que Livia n'en veut pas ! Elle dit que ça fait plouc.

— Je… Quoi ? Bon sang, cette femme m'épuise. »

Les disputes juste avant la cérémonie sont monnaie courante. Je ne m'inquiète guère, c'est dû au stress. Mais d'expérience je sais aussi que rien n'est joué tant que les deux n'ont pas prononcé « Oui, je le veux ! ».

J'en ai vu, des coups de théâtre. Des mariées qui s'enfuient comme dans les films, voile au vent ; des belles-mères qui s'opposent à l'union et qui créent un scandale ; le marié qui se tape la demoiselle d'honneur – grand classique… Une chose est sûre : un mariage ne se passe jamais exactement comme prévu. Et c'est aussi ça qui est excitant.

Mon téléphone sonne. Numéro masqué.

Je rejette l'appel.

7

La journée a filé à toute vitesse. Nous avons fait le point sur les dossiers en cours, rencontré un couple, et négocié avec le gérant d'un hôtel.

Bianca a été adorable. Elle a joué avec Totò, dormi dans sa poussette, et a offert des sourires à tous ceux qui sont passés au bureau aujourd'hui. Un rayon de soleil au milieu de mon ciel gris.

Nous arrivons Parco Sempione, mon jardin préféré à Milan. Un tel espace vert au cœur de la ville est un véritable cadeau. Lorsque j'étais enfant, ma mère m'emmenait ici, après l'école, jouer au bac à sable. J'en connais chaque recoin ; pourtant, je ne m'en lasse pas.

J'installe une couverture sous un arbre, sors quelques jouets, la compote et les biscuits de ma filleule pour lui donner son goûter à l'ombre. En même temps, je choisis au hasard un des passants et lui invente une vie. Bianca est tout ouïe. C'était un de nos jeux favoris, avec sa mère – surtout après une soirée bien arrosée.

Je jette mon dévolu sur une petite femme d'une soixantaine d'années, coiffée d'un brushing digne d'un feuilleton de l'après-midi. Elle promène son *bassotto* (cette race de chien pullule, à Milan), imperturbable, droite comme un I.

« Elle, tu vois, c'est la signora Tiziana. Elle est l'heureuse grand-mère de sept petits-enfants, et son chien, Claudio, est son fidèle compagnon. La Signora, sous ses airs de mamie bourgeoise, est en fait une ancienne gangster… Elle a braqué plus de *cinquante* banques au cours de sa vie. Sans jamais faire de prison. Manque de preuves, vices de procédure, corruption de magistrats… Tiziana a plus d'un tour dans son sac, et est toujours passée entre les mailles du filet ! On raconte même qu'elle a organisé l'un des braquages avec son fils aîné encore nourrisson en porte-bébé. Tu te rends compte, *tesoro* ? Et aujourd'hui, elle coule une retraite paisible. Ça t'en bouche un coin, hein ? »

Elle sourit à mes bêtises, de l'exacte et même façon que le faisait sa mère ; une bouffée de tristesse m'envahit.

Jusqu'ici, aveuglée par ma propre douleur, je ne me suis pas trop demandé si sa maman ne manquait pas déjà à Bianca. Comment cela se manifeste, à cet âge ? Comment grandit-on avec un tel vide ?

Je la serre fort contre moi, elle me rend mon étreinte avec ses petits bras. Les larmes coulent, silencieuses, sur mes joues et dans ses cheveux.

Nous restons ainsi un moment, Totò collé contre nous.

J'aimerais revenir en arrière.

Je donnerais tout, pour revenir en arrière.

De : latuaziatina@gmail.com
À : auguribianca@gmail.com

La première fois, c'était devant *Vacanze di Natale*.

On était installées dans le salon de tes grands-parents. Ta grand-mère nous avait donné une tranche de panettone chacune, généreusement recouverte de Nutella et accompagnée d'un grand verre de lait chaud. On se délectait de tout ce sucre, et de l'ambiance si particulière de la fin d'année.

Je n'arrêtais pas de ramener ma tignasse en arrière ; elle me gênait pour regarder le film, car elle retombait sans cesse devant mes yeux. Et, comme d'habitude, je ne pouvais m'empêcher de bouger dans tous les sens.

Alors, Azzurra m'a demandé de descendre du canapé et de m'asseoir par terre, entre ses jambes, et elle a commencé à me tresser les cheveux.

Petit à petit, je me suis détendue. Réchauffée par l'atmosphère de Noël, bercée par la délicate gestuelle de ta mère, j'ai même fini par m'endormir.

Depuis ce jour, les tresses d'Azzurra sont devenues mon calmant préféré.

Elle m'a tressé les cheveux la veille de mes examens. Elle m'a tressé les cheveux quand je m'engueulais avec mes parents. Elle m'a tressé les cheveux après une rupture. Les tresses que ta mère m'a faites se comptent par centaines. Et chaque fois, à la fin, je me retrouvais comme par magie apaisée.

Il y a quelques mois encore, j'ai débarqué chez vous après une journée de travail horrible – des clients m'avaient traitée comme une moins que rien. Elle m'a dit : « Bouge pas, je mets Bianca au lit, et j'arrive. » Et pendant qu'elle m'accouchait de mes petites misères, ses mains de magicienne s'affairaient.

Ta mère était la meilleure des psys, la meilleure des amies. Elle m'écoutait *vraiment*, tu sais. C'est rare, les gens qui écoutent. Aujourd'hui tout le monde court, et plus personne n'a jamais le temps de rien. Mais Azzurra, elle, prenait le temps pour moi, et pour tous ceux qu'elle aimait.

Je pensais que ses tresses viendraient calmer chacun de mes chagrins, tout au long de ma vie.

Je n'avais pas imaginé une seule seconde qu'elle serait à l'origine de la plus grande des douleurs que j'aie jamais ressentie, et qu'elle ne serait plus là pour coiffer ma peine.

8

J'ai réservé une table dans le restaurant où travaille Laura, Corso Magenta.

C'est une petite *trattoria* qui propose des spécialités napolitaines à tomber par terre. En temps *normal*, si je m'écoutais, je mangerais ici tous les jours – pas l'idée du siècle pour mon taux de cholestérol. Mais j'ai le sentiment que plus rien n'est *normal*.

Laura a grandi en Campanie, à Salerno exactement. Elle est arrivée à Milan depuis trois ans, mais son grand rêve est d'ouvrir sa propre adresse à Venise.

C'est une jeune cheffe très talentueuse. D'ailleurs, il n'a pas fallu plus d'une journée d'essai au propriétaire de la *trattoria* pour s'en rendre compte et l'embaucher.

Elle travaille ici midi et soir en semaine, et le week-end elle cuisine pour les mariages que j'organise. C'est une acharnée du travail, perfectionniste et passionnée. Elle a soif d'apprendre. Elle ira loin, j'en suis certaine.

Je l'ai rencontrée dans ce restaurant, il y a un peu plus d'un an. Je déjeunais avec Azzurra, comme souvent, et Laura était venue en salle pour faire le tour des tables. Je l'avais félicitée pour son poulpe *alla*

Luciana, l'un des meilleurs que j'aie jamais mangé. Et je ne rigole pas avec le poulpe ! Un immense sourire de satisfaction avait alors illuminé son visage encore enfantin. J'ai appris depuis que rien ne fait plus plaisir à Laura que de voir ses hôtes se régaler.

Nous avions sympathisé et discuté longuement, après son service, autour d'un café. Elle nous avait expliqué qu'elle cherchait un job ses jours de relâche, histoire d'arrondir les fins de mois. Au restaurant, le patron se mettait aux fourneaux le samedi et le dimanche, alors elle espérait trouver un extra.

Nous lui avions promis d'en parler autour de nous et de penser à elle si l'occasion se présentait.

C'est sur le chemin du retour qu'Azzurra m'avait suggéré de faire appel à elle.

« Intègre-la à ton équipe, et vois ce que ça donne ! Elle est jeune, motivée, et, d'après ce que j'ai goûté, sacrément douée... En plus, elle est du Sud : ces gens-là, crois-moi, savent VRAIMENT comment on cuisine ! »

J'y avais réfléchi quelques jours. Jusque-là, je changeais régulièrement de prestataire ; pouvoir compter sur une seule et même personne viendrait renforcer mon agence.

Une semaine plus tard, Ludovica et moi nous entretenions avec Laura, et deux mois plus tard, elle s'occupait d'un premier mariage, remplaçant un traiteur qui nous avait fait faux bond. Le repas qu'elle avait concocté avait fait fureur.

Depuis, même si je lui souhaite de réaliser ses ambitions, j'espère égoïstement la garder près de moi.

Laura nous a réservé une table près de la vitrine, où elle a installé une chaise-bébé pour Bianca.

« Voilà, me dit-elle. Là, elle sera bien, la *piccolina*, pour manger *la pasta di Zia Laura* !

— Merci Laura. Et pour moi, qu'est-ce que tu as de bon ?

— Surprise du chef ! Tu me fais confiance ?

— Tu sais bien que je te confie mon estomac les yeux fermés. Tu es la seule qui arrive à me nourrir un peu, en ce moment. »

Je m'approche de Bianca pour lui lire une histoire, afin de la faire patienter jusqu'à ce que son plat soit servi.

Mais le bébé éléphant qui a perdu son chemin dans la jungle ne semble pas *du tout* l'intéresser, et elle commence à gigoter. Alors une autre idée me vient… Je sors mon téléphone. Dans ma galerie photos, je retrouve des vidéos de sa mère. Je ne les ai pas regardées depuis longtemps – seule, c'est trop douloureux –, mais je me dis que ça fera peut-être plaisir à Bianca.

La dernière date d'une semaine avant l'accident. Je filme Azzurra dans le miroir face à moi pendant qu'elle me sèche les cheveux en se dandinant sur une chanson d'Al Bano et Romina Power.

Elle avait demandé à ses collègues de monter le son de la radio dès les premières notes de « Felicità », et tout le salon s'était mis à chanter à tue-tête et à se trémousser.

J'avais voulu capturer cette scène surréaliste, où une vieille dame avec des papillotes en aluminium sur la tête s'était levée pour danser avec sa coiffeuse, pendant qu'une autre en train de se faire shampouiner agitait les bras en rythme pour participer à la chorégraphie collective. Au milieu de tout ça, Azzurra me souriait dans le miroir, tandis que je fredonnais avec elle…

« *Felicità, è una sera a sorpresa, la luna accesa e la radio che va…* »

Le regard de Bianca pétille, elle gazouille et fait frétiller sur son siège son petit cul rembourré de sa couche au rythme de la chanson. Je ne peux réprimer un grand éclat de rire, même si je sens l'émotion rappliquer. Et je lui chuchote à l'oreille que sa mère, c'était exactement ça : *la felicità* – la joie en personne, le bonheur incarné.

« *Mamma !* dit-elle en pointant du doigt Azzurra sur l'écran. *Mamma !* »

Soudain, le chagrin revient et assombrit d'un coup notre petite parenthèse. Violent et brutal, comme un orage en plein mois d'août.

De : latuaziatina@gmail.com
À : auguribianca@gmail.com

Tu viens de rentrer chez toi après un court séjour à la maison. Mon appartement ne m'a jamais semblé aussi vide (ni mes coussins aussi imbibés de bave – chérie, c'est pas possible, tu as dû être un escargot dans une autre vie !).

Totò te cherche partout et a adopté la petite chaussette que j'ai oublié de ranger dans tes affaires, et qui traîne sur mon canapé.

Ton papa est revenu de Sicile, où vous vivrez bientôt.

Je t'envie un peu : c'est une région ensoleillée et magnifique. Une île merveilleuse. Tu pourras grandir en allant jouer à la plage et en mangeant des *arancini*, avec un volcan immense comme repère. Les spectacles qu'offre l'Etna sont éblouissants. Tu seras heureuse, là-bas, auprès de ta *nonna* et de ton *nonno*, avec ta tante et ton cousin. Ton père a fait le meilleur des choix.

Et je crois sincèrement que c'est ce que ta maman aurait souhaité pour vous deux.

Dès sa grossesse, Azzurra rappelait à qui voulait l'entendre tes racines siciliennes. Chaque fois que tu t'agitais dans son ventre, elle s'exclamait : « Elle est à moitié sicilienne, en même temps ! Comment veux-tu qu'elle soit calme ? »

Je lui donnais raison, en posant la main sur elle pour te sentir danser contre ma paume ; et rien n'était plus magique.

Ta maman a mis trois ans à tomber enceinte.

Je l'ai vue passer du « Oh, ça viendra quand ça viendra, je ne me focalise pas là-dessus » au désespoir et à la peur de ne jamais y arriver.

J'ai vite abandonné les phrases rassurantes – « Ce sera pour bientôt, j'en suis sûre » –, pour simplement la consoler quand elle pleurait sur mon épaule. Tout en priant silencieusement que son rêve se réalise enfin.

Maintenant, je peux te l'avouer : tu as été le vœu que je formulais pour elle à chacun de mes anniversaires.

Elle t'a désirée si fort, elle t'a tant voulue ! Je suis en colère contre cette vie qui ne lui a pas laissé le temps de profiter de toi.

Bianca, tu as été son dernier et plus beau cadeau.

9

Avec mon chien, on marche beaucoup. Je m'impose les dix mille pas par jour conseillés pour rester en bonne santé. Mon père, ancien kiné, me l'a répété comme un mantra. Depuis ma plus tendre enfance, c'est ancré en moi.

Totò est ravi de nos promenades… Enfin, il est ravi jusqu'à deux mille pas, trois mille max ; ensuite il se jette au sol – ses pattes mesurent dix centimètres à tout casser : il ne tombe pas de très haut.

C'est à ce moment que je dois l'enfiler dans mon tote-bag « Jova for ever » telle une saucisse dans son petit pain. (Sac acheté à l'un des nombreux concerts de Jovanotti auxquels j'ai assisté ; oui, je suis complètement fan.) J'effectue donc mes huit mille derniers pas lestée de cinq kilos – six en ce moment, il est un peu en surpoids.

Je cohabite avec cette merguez poilue à l'haleine douteuse depuis trois ans, et n'imagine même plus ma vie sans. Ce n'était pourtant pas gagné au départ…

Je venais de quitter ce qui a été ma dernière longue relation sérieuse, après avoir découvert que le monsieur me trompait depuis des mois. J'étais au fond du trou lorsque, un soir, Azzurra, usée de me voir dépérir, a débarqué dans l'antre où je me terrais. Sous le bras, elle tenait calée une petite chose laide et maigrichonne, qu'elle m'a fourrée entre les mains avant d'aussitôt déguerpir.

« Tiens, je l'ai pris dans un refuge, m'avait-elle juste dit. Il pue un peu et il a des puces, mais il a une qualité que ton connard d'ex n'a pas : il est fidèle ! Tu peux l'aimer sans crainte, celui-là. Ah, et il s'appelle Totò. Comme l'acteur. Il doit être napolitain. »

Les jours suivant la mort d'Azzurra, mon chien était la seule chose capable de me motiver pour me lever le matin. Même si, à peine la balade-pipi terminée, je me recouchais lamentablement pour chialer dans mon oreiller.

C'est aussi parce que je ne mange plus rien qu'il a grossi à ce point. Au bout de deux bouchées, mon ventre se noue ; alors Totò finit mon plat. Il a mon chagrin sur l'estomac.

Federico et Bianca partiront la veille du mariage de Livia et Francesco. J'ai prévu de les accompagner à l'aéroport. Mais avant, j'ai bien l'intention de profiter d'eux. J'ai promis à Federico d'entamer enfin un premier tri dans les affaires d'Azzurra. Il aimerait emporter quelques souvenirs.

« Juste un petit sac, m'a-t-il précisé. Je veux emmener un peu d'elle avec nous. »

Là encore, j'ai promis. Mais, pour l'instant, j'en ai été incapable.

De retour de ma promenade avec Totò, je me fais violence et ouvre une boîte au hasard.

À l'intérieur, des produits de beauté et des bijoux.

J'attrape le flacon de parfum, ôte le capuchon, et hume cette fragrance si familière. Cela fait des années qu'elle portait le même – *Baiser volé*, de Cartier –; je le reconnaîtrais entre mille.

Dans la boîte se mêlent colliers fantaisie et choses précieuses. Des boucles d'oreilles en perles qui appartenaient à sa mère; la bague au rubis que son mari lui avait offerte pour ses trente ans… Et, tout au fond, j'aperçois un bracelet abîmé qui fait bondir mon cœur.

C'était l'été de nos douze ans; nous passions dans les Pouilles nos premières vacances ensemble. Nous avions tant pleuré auprès de nos parents, désespérées d'être séparées trois semaines, que j'avais fini par accompagner Azzurra et sa famille.

Maman avait accepté bon gré mal gré; pour elle, je partais limite pour toujours. Elle avait même exigé des parents d'Azzù d'avoir de mes nouvelles chaque jour. Papa, lui, avait juste réclamé une carte postale et m'avait conseillé de bien en profiter.

C'est à la plage qu'un après-midi, à un vendeur ambulant, nous avions acheté avec notre argent de poche deux bracelets jumeaux. Ils seraient le symbole de notre amitié et nous permettraient, pensions-nous, de rester connectées toute la vie, quelle que soit la distance qui nous séparerait.

Ces bracelets, nous les avions portés des années. Jusqu'à notre première vraie dispute.

Azzurra m'avait alors juré l'avoir jeté. De rage, j'en avais fait de même.

J'aurais dû me douter qu'elle bluffait…

Je glisse les perles et le rubis dans le sac pour Bianca, et j'attache le bracelet autour de mon poignet.

C'est un simple lien qui tient un demi-cœur, sur lequel est écrit *BE- FRI-*.

Jadis, sur le mien, on pouvait lire : *-ST -ENDS*.

Nous formions, ensemble, des *BEST FRIENDS*.

Un cœur brisé.

10

« La robe de Livia sera livrée la veille, j'ai prévenu l'hôtel, m'informe Ludovica.

— Ils se sont rabibochés ?

— Le père a dû intervenir, mais oui, il semblerait. Francesco a renoncé au DJ.

— Ouf !

— Il faut dire que Madame est assez insupportable… L'autre jour, elle m'a demandé pour la centième fois s'il allait pleuvoir le jour J. J'ai fini par lui rappeler que, vraiment, j'avais tout un tas de talents, mais pas celui de prédire le temps, et que, de toute façon, nous avions un plan B, comme toujours. Alors elle a exigé que je lui sorte l'historique météo des cinq dernières années à la même période.

— Non ?!

— Si.

— Tu es une sainte, Ludovica.

— Je le sais. »

Nous faisons le point sur les cérémonies à venir. Nous en avons trois, ce mois-ci. Dieu merci, les autres futures mariées ont l'air moins exigeantes – pour l'instant, en tout cas.

En général, mon assistante se charge de répondre aux premiers mails de contact et d'envoyer les devis ; ensuite nous rencontrons les couples qui décident de nous faire confiance – à notre bureau, chez eux, ou en visio lorsqu'ils vivent loin. Puis je m'occupe de monter le projet (ma partie préférée) : proposer les lieux, la décoration, les idées de menus, les fleurs, la musique.

J'adore m'isoler dans ma bulle, je peux travailler n'importe où. Il me suffit d'avoir mon casque anti-bruit, et plus rien ne compte, je suis prête à imaginer cette journée de A à Z, dans les moindres détails.

Depuis quelques années, je remarque un retour aux cérémonies simples, sans trop de demandes extravagantes. Les robes meringues laissent place à des tissus fluides, à des formes plus épurées ; le nombre d'invités est réduit (seuls les proches sont conviés), la déco plus minimaliste – moins de dorures, plus de verdure –, et les repas sont mesurés, pour éviter le gaspillage.

Néanmoins, certains couples me soumettent encore quelques excentricités…

Ainsi, j'ai récemment dû dégotter un jet-ski pour l'entrée du marié, louer une scène flottante et une demi-douzaine de bateaux, afin que les vœux soient prononcés sur l'eau – familles et amis compris –, prévoir un antivomitif pour l'officiant de la cérémonie, sujet au mal de mer ; ou encore trouver un pâtissier qui accepte de confectionner un gâteau à quinze étages – un par mois passés ensemble (ce qui est peu dans une relation amoureuse, mais beaucoup en étages de gâteau.) Bref, dans ce métier, on ne s'ennuie pas une seule seconde ! Ce qui me convient parfaitement.

J'ai un trouble de l'attention avec hyperactivité – communément appelé TDAH –, qui a été diagnostiqué assez tard, et un peu par hasard. Ce qui m'a permis de m'expliquer tout un tas de *particularités* dont je faisais preuve depuis l'enfance. Comme ma peur panique de m'ennuyer, ma difficulté à aller au bout d'une tâche, mes nuits agitées et trop courtes, ou mon envie irrépressible de bouger sans arrêt qui me fait gesticuler ou passer d'une chaise à l'autre sans raison logique.

J'éprouve aussi des problèmes d'attention, surtout lorsque le sujet ne m'intéresse pas, et j'ai une capacité de concentration proche de celle d'un enfant de deux ans. Par exemple, j'ai la phobie des gens qui parlent trop lentement, et je rêverais d'appuyer sur un bouton au milieu de leur front pour accélérer leur diction. Je propose de greffer un tel bouton sur le front d'un certain nombre de personnes, dont je tiens d'ailleurs la liste à disposition du scientifique capable d'un tel exploit.

Dans ma vie professionnelle, j'ai compensé ces travers en m'entourant d'une équipe qui possède des compétences que je n'ai pas : Ludovica pour sa rigueur et son sens de l'organisation, Fabio qui m'aide à concrétiser mes idées, un comptable pour ma phobie administrative… Dans ma vie personnelle, j'ai mon téléphone, sans lequel je ne pourrais pas vivre, dont je bénis les rappels (ne rien oublier, ne rien oublier, ne rien oublier), et qui me permet également de géolocaliser tous mes objets de valeur. Je géolocalise même Totò ! Il y a des jours où j'hésite à mettre un traqueur sur ma tête. Même si elle est vissée à mon cou, je crois bien que je serais capable de la perdre.

Et puis j'avais Azzurra. Azzurra qui tolérait mes bizarreries. Et qui, surtout, m'aimait comme je suis.

De : latuaziatina@gmail.com
À : auguribianca@gmail.com

Ce qu'on faisait le plus, avec ta mère, c'était rire. Rire était notre passe-temps préféré.

J'ai ri à en pleurer, à en avoir mal au bide ; j'ai ri jusqu'à la supplier d'arrêter. Je lui dois mes fous rires les plus mémorables. Et rien n'est plus jouissif que de ne pas réussir à calmer une énorme crise de rire. Je me demande aujourd'hui si cela m'arrivera de nouveau.

Ce que tu dois savoir, c'est qu'avec ta maman on se lançait des défis terribles. Il s'agissait par exemple de reproduire des scènes de films dans la vraie vie…

C'est ainsi que nous nous sommes retrouvées à danser sous la pluie (et on a failli se faire foudroyer), à monter dans un taxi en criant « Suivez cette voiture ! » (or, ladite voiture a emprunté l'autoroute et, au bout de vingt minutes, on a demandé au chauffeur de faire demi-tour – montant de la course : cent cinquante euros, ça fait cher le défi), à se baigner dans une fontaine en pleine nuit (je donne un deux sur dix à cette expérience : rhume carabiné, et j'ai dû jeter mon jean préféré tant il puait le rat crevé), ou encore à se faire une soirée pizza-télé habillées en mariées comme dans un épisode de *Friends* (quand tu liras ces mails, tu sauras duquel je parle, car je t'aurai évidemment initiée à la meilleure série de tous les temps).

Ta mère avait ressorti pour l'occasion sa robe de mariée, tandis que j'avais *emprunté* celle d'une cliente qui avait célébré ses noces deux jours plus tôt et n'avait pas encore récupéré son bien. Oui, c'est mal ! Mais personne ne s'en est aperçu, et il y a prescription.

Ce qui était génial, avec Azzurra, c'est qu'elle était toujours prête à me suivre dans mes idées les plus zinzins. C'est à ça qu'on reconnaît la véritable amitié : lorsqu'une copine te traitera de folle, ton amie, elle, voudra être folle avec toi.

11

Je suis la première arrivée. Federico et Bianca doivent me rejoindre pour dîner.

Depuis la cuisine, Laura me fait un signe de la main. Cette fille est une force de la nature ! Elle se livre peu, je sais que son enfance n'a pas été facile et que sa ville lui manque, mais elle reste assez pudique. Je la regarde s'activer aux fourneaux, concentrée sur sa tâche alors que le service commence à peine.

Il pleut, ce soir. Milan est encore plus grise que d'habitude. J'observe les *sciure* presser le pas et protéger leur mise en plis avec leur sac à main qui coûte l'équivalent d'une voiture de luxe.

Les *sciure milanesi*, ce sont les femmes riches de la ville. Plus de cinquante ans, collier de perles au cou, cheveux impeccablement coiffés, bourgeoises, élégantes, et aussi un peu snobs. En général, elles se déplacent à plusieurs, par deux ou trois, et ont toujours l'air d'avoir un truc hyper cool ou ultra-important sur le feu.

Ma jambe droite s'agite sous la table. Je respire profondément et tente de la calmer. Je regarde ma montre. 20 h 05, ils ne vont plus tarder.

Un papillon blanc se colle à la vitre du restaurant.

« Tiens, salut ma copine ! Tu viens me faire un coucou ? Tu veux te joindre à nous ? Je sais que c'est forcément toi, vu le temps. Quel papillon risquerait de se froisser les ailes, s'il n'avait été envoyé par la têtue que tu es ? Je vais bien, ne t'inquiète pas.

Non, attends… C'est pas vrai, Azzù ! Je ne vais pas bien du tout sans toi. Plus rien n'a de sens, et j'ai envie de chialer en permanence. Pour l'instant, je me retiens d'implorer Federico et Bianca de ne pas partir, de rester près de moi, mais j'ai peur de craquer.

Oui, c'est parfaitement égoïste ! Et alors ? On a le droit d'être égoïste quand on souffre, non ? Ça donne des circonstances atténuantes, le deuil. Faut bien que ça serve à quelque chose, merde ! Qu'est-ce que t'en sais, toi, en plus ? T'as déjà perdu ta meilleure amie ? Non. Alors, ta gueule ! »

« Tu parles toute seule, Valentina ? »

Je sursaute, avant d'adresser un sourire gêné au serveur et de refuser un deuxième martini.

Le carillon de la porte du restaurant retentit et fait fuir le papillon. Federico a protégé de sa veste Bianca dans le porte-bébé. Il est trempé ; elle, parfaitement sèche, a le sourire jusqu'aux oreilles.

« Prends-la, s'il te plaît. J'ai le dos en compote. Elle commence à être sacrément lourde, la bougresse ! »

J'attrape ma filleule, la couvre de baisers pendant que son père part s'éponger aux toilettes. Elle me tend un dinosaure baveux dont l'arrière-train mâchouillé ressemble à une œuvre d'art contemporain.

« *Té* », me dit-elle.

Tiens. Oh, eh bien merci, il ne fallait pas !

Fede revient et me demande ce qui me ferait plaisir en parcourant le menu.

« Comme toi, Fede. »

Je n'ai envie de rien mais je veux faire bonne figure et ne pas plomber ce dernier dîner ensemble avant leur départ… Alors il commande au serveur deux parts de *parmigiana di melanzane* et deux verres de vin rouge.

« Ah ouais, on dîne léger ! » j'ironise.

Il me raconte que Bianca a déjà mangé mais a renversé la moitié de la purée sur son joli pyjama, qu'il a donc fallu la changer entièrement – ce qui les a mis en retard.

« Je ne sais pas comment faisait sa mère… Je te jure, Valentina, Azzurra ne s'énervait *jamais*. Enfin… jamais avec sa fille. Tu la connais : elle ne se gênait pas avec les autres. Mais, avec Bianca, elle prenait toujours tout avec philosophie. Moi, j'étais à deux doigts d'annuler le resto pour de la purée ! Je n'ai pas sa patience, je m'en veux. Je ne vais jamais y arriver…

— Bien sûr que si, tu vas y arriver.

— Je flippe comme un fou. Je ne percute toujours pas qu'il va falloir que j'élève tout seul notre fille.

— Tu n'es pas seul, tu auras ta famille. Et je suis là, moi aussi.

— Je sais… mais…

— C'est pas pareil, bien sûr.

— Non… Et tu sais quoi ? Bianca a mordu un camarade chez la nounou, aujourd'hui.

— Ah.

— Il paraît que c'est peut-être une façon d'exprimer son mal-être. Tu crois qu'elle souffre ? »

Ma jambe recommence à bouger, ce qui fait trembler la table et sautiller la petite, qui est toujours assise sur mes genoux et semble trouver cela drôle. J'essaie de me contenir.

« Sa mère doit lui manquer, oui, dis-je. Comme à nous… *Plus* qu'à nous. »

Nous restons en silence quelques minutes. Bianca a entamé une discussion de la première importance avec son dinosaure et regarde les passants. Nos plats arrivent, le parfum de l'aubergine prend alors le dessus sur mes idées noires. Laura nous a servi des portions d'ogre ; le serveur précise avant de nous laisser qu'elle nous ordonne de tout finir. De l'autre côté du comptoir, je la vois agiter un index menaçant dans notre direction, auquel j'acquiesce pour ne pas la contrarier.

Nous dînons en tâchant de changer de sujet. Federico me dit qu'il a trouvé un appartement trois fois plus grand et deux fois moins cher que celui de Milan, et à deux pas de chez ses parents. Ceux-ci auraient voulu que Bianca et lui s'installent dans leur maison, mais Fede tient à avoir un petit nid rien qu'avec sa fille. Il veut bien accepter l'aide de sa famille ; pour autant, il refuse de se reposer totalement sur elle.

« Et il y a une chambre d'amis ! me précise-t-il. Tu viendras nous rendre visite, n'est-ce pas ?

— Autant que je le pourrai. Bien sûr. »

Après le dîner, Laura vient s'attabler avec nous. Le service a été calme, ce soir. Il semble que la pluie a dissuadé les clients de s'aventurer jusqu'au restaurant.

Notre conversation fait le point sur tous les sujets possibles, sauf la mort d'Azzurra. Bianca s'est endormie tout contre moi.

J'aimerais arrêter le temps, que cet instant digestif dure à l'infini. J'aimerais que nous restions là, à l'abri du mauvais temps et de la tristesse. Et que ma filleule demeure ainsi, sa joue contre mon cœur, et sa petite main sur ma poitrine.

D'autant que ma jambe a cessé de bouger.

12

Les coups de langue de Totò me tirent d'un rêve agité. Merci Totò ; oui, moi aussi je t'aime ! Mais il n'est même pas 6 heures du matin ; je me demande donc si je lui en suis reconnaissante, ou si j'ai envie d'en faire un hot dog.

Mon téléphone vibre sur la table de chevet. Je regarde l'écran, m'apprêtant à refuser le énième appel d'un numéro masqué. C'est le nom de Livia qui s'affiche. Y aurait-il un décalage horaire avec la Sardaigne ?

Je décroche. Mon « allô » pâteux trahit ma mauvaise humeur, ainsi que l'abus de digestifs hier au soir.

Livia a l'air bien réveillée, elle. Elle part dans un monologue agité de plusieurs minutes, comme si elle était en vitesse accélérée – ce qui, habituellement, n'est pas pour me déplaire, mais mon cerveau est encore trop engourdi pour m'adapter à la cadence. Je réussis néanmoins à formuler une réponse.

« *Scusa*, Livia, il est 6 heures du matin, je n'ai absolument rien compris.

— Je me marie dans une semaine, Valentina !

— Oui, merci, je suis au courant…

— Et je me demande si tout est prêt.

— À 6 heures du matin ?

— Oui.

— Eh bien, rassure-toi, tout est parfaitement prêt, oui.

— Tout… si ce n'est la météo, qui prévoit de la pluie ! Ludovica m'a pourtant *assuré* qu'il ferait beau. Or j'ai trouvé un site sur lequel ils annoncent *quarante pour cent* de risque de pluie à partir de 16 heures ! Tu m'expliques ? »

Là, tout de suite, je n'ai qu'une réponse en tête, assortie de cette recommandation : se bander les yeux et aller courir très vite dans une forêt. Mais je respire profondément afin de prendre sur moi.

« Livia, tu le sais, l'argent peut tout acheter, sauf le beau temps. On a un plan B, je t'en ai déjà parlé, et la cérémonie à l'intérieur sera tout aussi sublime si jamais il devait pleuvoir. Grâce aux immenses baies vitrées, tu auras la vue sur le lac.

— Au prix où mon père paie ce mariage, je ne veux pas *que* la vue sur le lac, *cara* Valentina. Je veux le bruit du lac, l'odeur du lac, l'ambiance du lac. Je veux me marier *avec* le lac, tu comprends ? Donc, tu m'arranges ça. »

Et elle raccroche.

« Tu m'arranges ça » ? Elle a osé. Je suis prise d'un fou rire incontrôlable.

Totò en profite pour venir me faire la fête, sautiller autour de moi sur la couette, et me lécher consciencieusement le visage.

J'attrape ma tablette, ouvre l'agenda électronique qui me permet d'organiser ma vie – et ma tête –, clique sur ma *to-do list*. Mon trouble de l'attention m'oblige à lister tout ce que je dois accomplir, pour ne rien oublier et ne pas trop me disperser. Sinon, je suis capable de commencer mille choses et de n'en terminer aucune. Et donc de me noyer dans un verre d'eau.

Sans cet outil, ma vie serait un immense champ de bataille. La neuropsy m'a conseillé de me fixer des objectifs raisonnables au quotidien, pour ne pas me décourager. Et je dois dire que, depuis que je note absolument *tout* ce que j'ai à faire, du plus insignifiant au plus important, je suis beaucoup plus efficace, et je me sens mieux.

Aujourd'hui, dans la partie perso, j'ai prévu de sortir la poubelle verte, d'appeler mes parents, de prendre rendez-vous chez le toiletteur pour Totò (il sent vraiment très très très mauvais, là), de marcher… et de ne pas trop pleurer. Jouable – sauf peut-être le dernier point.

Dans la partie pro : faire le point avec Ludovica pour relancer plusieurs potentiels clients à qui nous avons envoyé des devis, finaliser un projet de mariage pour cet été (notamment se décider pour les fleurs), réserver un aller-retour à Côme pour un dernier *check* avec l'équipe du Castello sul lago, et en profiter pour visiter un nouveau lieu.

J'ajoute donc : « Résoudre le problème météo. »

Un coup d'œil au reste de mon calendrier : pas de rendez-vous au bureau, pas de rendez-vous perso. Je vais pouvoir prendre mon temps à Como.

Une notification programmée annuellement s'affiche en haut de mon écran : « Anniversaire Azzurra J – 60. Commence à penser au cadeau ! »

De : latuaziatina@gmail.com
À : auguribianca@gmail.com

Ta mère aimait les anniversaires. Non, ta mère ADORAIT les anniversaires. Le sien tout particulièrement.

Elle tenait une sorte de rétroplanning, trouvait toujours tout un tas de façons originales de le fêter – et s'offrait systématiquement une nouvelle robe pour l'occasion.

Ce qu'elle préférait par-dessus tout : recevoir des cadeaux.

Et je dois admettre qu'elle était un poil pénible, sur le sujet.

En effet, Azzurra n'établissait pas de *wishlist*, ne disait jamais clairement ce qu'elle aurait aimé recevoir ou ce dont elle avait besoin. Non, ce qu'elle voulait, elle, c'étaient des présents qui *comptent*. En vérité, Azzurra ne voulait pas de cadeaux, elle voulait des preuves d'amour, des démonstrations d'amitié. Il fallait que, ce jour-là, on lui prouve à quel point on la connaissait bien.

Nous devions donc réussir à chiner *le* présent ultime : l'accessoire qui lui faciliterait tellement l'existence, le livre qui tomberait à pic dans sa vie, le bibelot personnalisé qui lui rappellerait tel ou tel épisode de notre relation…

Peu importait, au fond, la valeur. Ce que désirait par-dessus tout ta mère, c'était un cadeau qui ait du sens.

Et chaque année, c'était, je peux te le dire, un casse-tête de première.

Mais j'avoue que, de son côté, elle était sacrément douée. Elle se mettait en quête de nos surprises des mois à l'avance, y mettait toute son imagination, tout son cœur, car ce qu'elle appréciait encore plus, c'était offrir des présents à ceux qu'elle aimait.

C'est ainsi que, à mon douzième anniversaire, elle m'a abonnée à un magazine spécialisé dans les mariages. À mon dix-huitième, après avoir accumulé les heures supplémentaires dans le salon où elle travaillait, et coiffé tout son immeuble le soir pour gagner quelques sous, elle m'a emmenée deux jours au lac de Côme et une nuit dans un de ces hôtels de luxe qui me faisaient tant rêver. On était arrivées avec sa Clio cabossée qui dépareillait sur le parking, et j'avais passé le plus bel anniversaire de ma vie.

Pour mes vingt-deux ans, elle m'a payé ma première séance chez la psy, pour mes vingt-six un kit pour mieux dormir comprenant un diffuseur d'huiles essentielles, un bandeau connecté avec programme de méditation intégré (Totò l'a mangé quelques années plus tard) et un carnet pour noter mes rêves (elle était persuadée que j'avais un don de prémonition, et qu'il fallait les consigner dès le réveil).

Son pire cadeau a été celui de mes trente ans : il n'y en a pas eu.

Mais, quelques années plus tard, elle s'est bien rattrapée, en m'offrant de devenir ta marraine.

13

La première fois que j'ai posé le pied ici, je devais avoir cinq ou six ans. La découverte du lac de Côme est l'un de mes plus anciens souvenirs, mais aussi l'un des plus précis. C'était au début de l'automne. Les feuilles avaient déjà adopté leur teinte rouge-orangé, sans avoir encore quitté leurs branches.

On était venus en famille y passer la journée. Mon père avait organisé cette surprise à ma mère pour se faire pardonner. Ça avait fonctionné. Jusqu'à la dispute suivante.

Mon père disparaissait parfois, pendant une nuit ou deux, sans donner d'explications. Puis il revenait, alors ma mère criait.

« Oh, arrête de hurler, tu fais peur aux enfants », qu'il répondait.

Les cris redoublaient. Papa finissait par lui offrir un cadeau, et Maman retrouvait le sourire.

Ça a marché pendant des années, ce petit manège.

Ce jour-là, au bord du lac, ce qui m'avait le plus émerveillée, c'était l'atmosphère. Côme est souvent réduit à sa seule beauté. Or, ici, dans l'air, il y a un je-ne-sais-quoi de magique et de mystérieux.

Face à l'étendue d'eau, face aux montagnes, le temps semble sur pause. Comme si, l'espace d'un instant, le monde s'arrêtait de tourner pour mieux admirer le paysage.

Chaque fois que mon regard se pose sur le lac, c'est la même émotion. Dès lors que ma voiture emprunte les routes sinueuses qui le longent, mes muscles se décontractent, mes mains se décrispent autour du volant, et ma respiration se fait plus lente.

Depuis la mort d'Azzurra, rien n'est plus pareil. Mais ce lieu agit toujours un peu comme une pommade sur ma peine.

Ce matin, mon chien est en virée avec moi. Il sort son museau par la fenêtre arrière pour profiter de l'air bien plus pur qu'à Milan. Totò adore, lui aussi, venir ici, courir derrière les canards et tremper ses pattes dans l'eau.

Il est encore tôt lorsque nous parvenons à destination – merci Livia de m'avoir tirée du lit. Je décide de petit-déjeuner à Bellagio, aussi surnommé la « perle du lac », avant que le village le plus prisé – et le plus joli – de Côme soit envahi par les touristes.

« *Cornetto e cappuccino, per favore*. »

Mon appétit semble revenir doucement, ce qui me fait culpabiliser. Je culpabilise aussi quand je m'entends rire, ou quand le quotidien occupe toutes mes pensées au point d'en oublier la mort de ma meilleure amie.

Et lorsque je reviens à la réalité, elle m'envoie un uppercut.

14

Les journées au lac passent toujours trop vite. J'ai visité une villa privée et son jardin, qui feront un superbe lieu de réception – les propriétaires, un couple de Suisses fortunés, ont décidé de la louer pour des événements. Je cherchais justement un endroit comme celui-ci pour un couple, marié depuis cinquante ans, qui renouvellera ses vœux cet été.

J'ai pris des photos et tout envoyé aux enfants – des Lyonnais –, qui se chargent d'organiser la cérémonie. La plupart de mes clients sont italiens, mais j'ai de plus en plus de demandes venant de l'étranger. Côme, et l'Italie en général, font rêver le monde entier.

Avec Ludovica, nous avons également listé les devis à relancer. Une matinée productive, et deux cases de cochées sur ma *to-do list*.

Dans les ruelles de Bellagio, les terrasses sont déjà installées. Une invitation à grignoter dehors et à profiter du soleil.

Mon téléphone sonne : numéro masqué. Je renvoie l'appel sur la messagerie. Je sais qui se cache derrière, et je n'ai aucune envie d'entendre sa voix.

Je m'attable à un restaurant et commande une *trota salmonata*, tout juste pêchée, accompagnée de sa polenta – plat typique de la région.

Pour Totò, une gamelle d'eau fraîche et quelques croquettes, que j'ai toujours dans mon sac. Son regard de chien battu me signifie qu'il aurait carrément préféré la polenta.

Mon portable vibre de nouveau. Numéro masqué. J'aimerais trouver le courage de décrocher, mais je n'y arrive pas.

Ma jambe commence à trembler, mes mains à bouger nerveusement. J'inspire profondément, puis expire longuement.

Ma psy m'a enseigné des techniques de respiration pour que j'apprenne à me recentrer. Je tente ainsi de retrouver mon calme et de ne pas perdre totalement l'appétit.

J'avais aussi essayé la méditation : un véritable échec doublé d'une torture. Définitivement, il m'est impossible de rester assise à ne penser à rien ; c'est au-dessus de mes forces.

Alors que le serveur dresse mon plat, il me demande si j'ai besoin d'autre chose. Je m'entends mentir : « *No, grazie.* »

En réalité, j'ai besoin d'Azzurra. J'ai besoin qu'on me rende ma meilleure amie.

Là, à cet instant précis, elle est la seule que j'ai envie d'appeler. La seule que j'ai envie d'écouter. La seule qui saurait trouver les mots exacts pour m'aider à affronter ce coup de fil.

Comment puis-je continuer à vivre sans ses conseils ?

Totò jappe et me sort de mes pensées.

Un passereau se pose sur notre table, face à moi. Nous serons donc trois pour le déjeuner.

De : latuaziatina@gmail.com
À : auguribianca@gmail.com

Notre cycle était synchronisé. Il paraît que ça arrive, entre sœurs ou amies très proches. Alors, chaque mois, on douillait ensemble – elle plus que moi, je dois dire –, et c'est ce qui nous a mis la puce à l'oreille lorsqu'elle est tombée enceinte de toi.

C'était un matin de mai. Le salon était fermé. Azzurra était passée au bureau pour boire un café, comme elle le faisait parfois. Ludovica était en rendez-vous à l'extérieur. Et dès que ta mère avait franchi la porte, je lui avais quémandé un antidouleur.

« Pourquoi ? Tu as *déjà* tes règles ?…

— Ouaip, pile à l'heure.

— … J'ai rien. »

On s'était regardées, mais personne n'avait osé piper mot. Chaque mois, Azzurra espérait ; et chaque mois, elle déchantait lorsque son cycle faisait de la maternité un rêve ajourné.

« Même pas quelques signes ? j'avais demandé, hésitante.

— Non… Juste les seins sensibles.

— Hmm.

— Tu crois que…

— Tu veux qu'on aille acheter un test ?

— J'en sais rien, Vale. J'ai peur que ce soit encore un faux espoir.

— Ne t'inquiète pas, je suis avec toi. »

Je l'avais plantée là, avant de courir jusqu'à la pharmacie au coin de la rue. D'une voix haletante, j'avais lancé un « Bonjour, test de grossesse ! » à la pharmacienne, qui m'avait regardée d'un drôle d'air.

« C'est une urgence, s'il vous plaît, avais-je ajouté.

— Oh, y en a quand même pour neuf mois, normalement. Vous avez le temps de voir venir », m'avait-elle répondu.

J'avais ri nerveusement, payé et attrapé le test sans même attendre qu'elle l'emballe dans un sac en papier.

Après avoir remonté l'escalier quatre à quatre – ce qui, crois-moi, était un exploit, avec mon cardio de nonagénaire – jusqu'à parvenir au bureau essoufflée, j'avais ordonné :

« Pisse ! Vite ! Je le sens bien ! »

Il flottait dans l'air un climat d'urgence. Comme si cette éventuelle grossesse pouvait subitement s'évaporer. Comme s'il n'était plus temps d'attendre. Et si tu étais déjà là, en train de faire ton nid, dans le ventre de ta maman ?

Azzurra était allée aux toilettes, sans fermer la porte. D'habitude, ce manque de pudeur m'agaçait.

Encore plus son petit commentaire «Oh c'est bon, on est entre nous ! » – qui me faisait passer pour une jeune fille prude. J'aurais donné un rein pour ta mère, mais il y a une limite à tout, si tu veux mon avis. Même à l'amitié. Et ça s'appelle la porte des chiottes !

Mais nous étions dans un cas de force majeure. Plus aucune pudeur ne tenait : je voulais *tout* vivre avec elle.

«J'y arrive pas, j'ai fait y a pas longtemps.

— T'es relou !... Attends, j'ouvre le robinet pour t'aider. »

(Oui, Bianca, l'amitié, c'est aussi ça. Et je te souhaite d'avoir des amies qui n'hésiteront pas à t'aider à pisser le jour où tu en auras besoin.)

Notre ingénieuse technique avait fonctionné. Elle avait posé le test sur le rebord de l'évier, avant de se carapater pour me laisser seule face au résultat. Alors que, depuis la pièce adjacente, Azzurra jurait ses grands dieux qu'elle était incapable de regarder, que, de toute façon, c'était sûr, elle n'était pas enceinte, qu'elle le sentirait sinon, et n'en pouvait plus de chialer autant, j'avais vu une seconde ligne se dessiner sous mes yeux. Bleue, si bleue. Droite, si droite. Impossible à rater.

«C'est positif, Azzù ! C'est positif !

— Hein ? Quoi ? Qu'est-ce qui est positif ? Que je chiale ?

— Mais non, regarde ! Regarde les lignes ! Y en a deux ! T'as deux lignes !

— J'ai deux lignes ?

— Oui, putain de merde ! T'as deux lignes !

— J'ai jamais eu deux lignes, Vale !

— Je sais ! »

Et on était restées ainsi une poignée de secondes, face à face et incrédules.

« J'ai deux lignes », avait-elle murmuré.

J'avais lâché le test, pour mieux l'étreindre. Elle avait pleuré, longtemps. Moi avec elle.

Tu étais enfin là.

15

L'avion de Bianca et de Fede décolle en fin de journée. Et demain après-midi sera célébré le mariage de Livia et Francesco.

Je surprends mon reflet dans le miroir. Ce n'est pas beau à voir ! Ma peau est terne, mes cernes ont grignoté mes pommettes, mes joues sont creuses. Et on ne parle pas de mes cheveux. Si je suis en plein deuil de ma meilleure amie, eux le sont de leur coiffeuse.

Pour mon visage, c'est plié, il restera tel quel : impossible de rattraper d'ici ce soir le sommeil en retard, ou de reprendre en quelques heures les cinq kilos que j'ai perdus. Seule option restante : retourner enfin au salon d'Azzurra, pour être un peu plus présentable.

Je prends mon courage – et Totò, ce flemmard – à deux mains avant de me diriger vers la via Imperia.

À quelques mètres du salon, je ralentis le pas. Des semaines que j'évite de passer devant. Que j'invente des détours. Une suée me traverse, le bruit des battements de mon cœur couvre celui du trafic de la ville.

Ce matin, le brouillard est épais, compact, à couper au couteau – comme souvent ici. D'ailleurs, il est si familier que les Milanais l'ont surnommé *la scighera.*

On n'y voit pas à un mètre, à tel point que je n'arrive pas à distinguer la devanture du salon et que je finis par me retrouver par surprise face à la vitrine. À l'intérieur, j'observe les «filles» prendre soin de leurs clientes. Tout semble comme avant, ou presque. Et c'est beaucoup trop douloureux.

Je revois le local vide, le jour où Azzurra a récupéré les clés. Je revois son père bosser de manière acharnée, tous les soirs après son travail, pour carreler, poncer, monter les meubles, rafistoler. Je nous revois, toutes les deux, peindre – Azzurra, les coins et les plinthes qui requièrent de la minutie et de la patience; moi, les pans de murs à grands coups de rouleau. Ressurgissent les nuits au téléphone à chercher désespérément une idée de nom, et les après-midi à distribuer des flyers à vélo dans tout le quartier. Comment oublier la soirée d'ouverture, le buffet gargantuesque préparé par sa mère? Et la joie de mon amie découvrant que son agenda affichait complet les trois premiers mois, parce qu'on avait tous pris rendez-vous pour la soutenir?

Mais elle n'est plus là, et c'est intolérable. Alors, je recule et presse le pas.

Mon téléphone vibre dans ma poche. S'il s'agit encore d'un numéro masqué, je me promets de balancer l'engin sous un bus. Heureusement pour lui – et pour moi –, c'est Ludovica.

«Tu as vu la météo de demain? me demande-t-elle.

— Non, pas encore… Dis-moi qu'il est prévu un grand soleil, s'il te plaît.

— Euh… pas vraiment. Fabio va commencer à installer la décoration aujourd'hui, il serait plus prudent d'opter pour le plan B.

— Livia va nous faire un ulcère.

— Je sais. Tu veux que je le lui annonce ?

— Non, je n'ai pas envie qu'elle s'en prenne à toi. J'arrive au bureau dans une petite heure, je m'en occuperai. »

Perdue dans mes pensées, je me laisse guider jusqu'au quartier des Navigli. L'atmosphère bohème et artistique qui y règne me porte. J'adore suivre les canaux, flâner le long des quais et chiner dans les innombrables boutiques vintage. Vicolo dei Lavandai est mon coin préféré. Dans cette ruelle colorée, les femmes venaient autrefois laver leur linge, le vieux lavoir en pierre en est témoin.

Je marche sans but, Totò toujours dans mon tote-bag, lorsque j'aperçois Laura à la terrasse d'un café. C'est son chemisier fleuri qui attire mon regard. Elle porte toujours des couleurs flashy, des imprimés et des accessoires, j'adore son style frais et affirmé.

« Valentina ! m'interpelle-t-elle. Viens ! »

Alors que je m'approche, elle se lève, m'embrasse, et offre une caresse à Totò.

« Je te paye un café ? J'ai encore un peu de temps avant mon premier service. »

J'accepte volontiers. Elle hèle le serveur, qu'elle semble bien connaître.

« *Gino, un'altro caffè per la mia amica per favore.* »

Puis elle se tourne vers moi :

« Prête pour demain ?

— Oui, tout est OK. Ludovica a vraiment assuré. Et de ton côté ? Pas de problème en cuisine ?

— Non, non. On est au point. L'hôtel met à ma disposition trois serveurs. Pour l'occasion, j'en ai embauché deux de plus, sans compter mon commis. L'équipe est au complet.

— Super. Ça va être un joli mariage.

— J'en suis sûre, c'est toujours réussi avec toi, m'assure-t-elle en m'effleurant le bras. Comment tu te sens, *Bella* ?

— Oh, ça dépend, tu sais… C'est très fluctuant. Parfois je me sens presque… normale, et puis d'un coup la douleur revient, si vive et si lancinante qu'elle m'empêche de respirer. »

Laura m'écoute attentivement et se tait. Il n'y a que le silence qui vaille, dans ce cas ; elle le sait. Elle est si jeune, et pourtant déjà si sensible.

Je sirote mon café en silence, avant de lui demander :

« Tes amis de Salerno te manquent, j'imagine ?

— Beaucoup. Je comprends la relation que tu avais avec Azzurra. Mes deux meilleurs amis sont comme un frère et une sœur pour moi. Andrea me rend parfois visite à Milan. C'est plus difficile pour Élise : elle fait ses études à l'étranger. Mais on s'appelle quasiment tous les jours.

— Et toi, tu n'y retournes jamais ?

— Non, il y a tout un tas de choses que j'ai laissées à Salerno et que je ne souhaite pas retrouver.

— Je vois. Tu es heureuse, ici ?

— Oui, je crois. Je peux vivre de ma passion. Et puis, dans une grande ville comme celle-ci, personne ne prête vraiment attention à moi. J'ai pu rencontrer d'autres femmes trans, m'engager dans des associations. Je me sens plus entourée, plus à ma place, et aussi un peu moins en danger. »

À mon tour, je l'écoute attentivement. Puis-je seulement imaginer le calvaire qu'elle a dû traverser ?

« Sinon, tu as un mec ? m'interroge-t-elle de but en blanc.

— Pas en ce moment. Pas depuis un petit bout de temps, à vrai dire… Mais je me débrouille. J'ai un plan cul plus ou moins régulier et de très bons sextoys. C'est mieux que rien ! »

Laura rit à mes confidences sans fard.

« En effet. J'approuve à cent pour cent !

— Je n'ai aucune envie de m'engager. J'ai eu quelques grosses déceptions mais, surtout, je n'ai pas besoin d'être en couple pour me sentir épanouie. Mon travail me prend beaucoup de temps et d'énergie. Le soir, j'aime bien me retrouver au calme chez moi, et puis j'ai Totò !

— Le meilleur !

— Et le plus fidèle ! »

Un coup d'œil à ma montre me rappelle qu'il est temps de filer au bureau.

« Merci pour le café, Laura. On se voit demain au lac ?

— *A domani*, Vale ! Ça va être un sacré mariage. »

Oui, je le crois aussi.

16

Livia n'a pas très très bien pris la nouvelle à propos du risque de pluie. Elle m'a ordonné de dresser les tables et d'installer les décorations dans le jardin. J'ai fini par céder : au pire, tout le monde sera trempé. D'autant que, comme on dit : « *Sposa bagnata, sposa fortunata.* » Mariée mouillée, mariée chanceuse.

Mais elle n'a pas très très bien pris le proverbe non plus. Elle m'a aboyé dessus, et ça, c'était au-dessus de mes forces : je lui ai raccroché au nez.

J'ai tout misé sur Francesco, le futur époux, jusqu'alors plus coopératif. Erreur : il s'est carrément mis à paniquer en apprenant que sa fiancée était en colère.

« Quand tu dis qu'elle est *très énervée*, tu peux préciser à quel point ? »

Si la peur avait une voix, ce serait celle de Francesco.

Le plan B devait être enclenché. Fabio, déjà sur le pont, a commencé à s'occuper en priorité de la décoration intérieure. Et on avisera demain matin pour installer la cérémonie en intérieur ou en extérieur, selon la météo.

La journée s'est ensuite écoulée, sans que je m'en rende compte.

Il est temps d'aller chercher Bianca et son père pour les déposer à l'aéroport. Un camion a déjà emporté toutes leurs affaires ce matin.

À l'appartement, ma filleule joue avec quelques poupées, assise au milieu du salon vide, pendant que Federico tente de boucler une dernière valise. Je retiens très fort mes larmes. Et pour garder une contenance, je m'agenouille devant Bianca et fais mine de vouloir jouer avec elle.

« Tout est prêt ? je demande à Federico.

— Oui, je crois…

— Comment tu te sens ?

— Vide. Exactement comme ce lieu. »

J'ai pris Bianca, et je m'approche de lui pour que nous nous étreignions tous les trois. Les larmes coulent en silence un long moment, jusqu'à ce que Federico se dégage, écrase ses sanglots sur la manche de sa chemise et lance un « Ça va aller ! C'est parti !… » peu convaincant, histoire de nous donner du courage.

Une fois dans la voiture, il m'explique avoir besoin de moi pour les affaires courantes ici, à Milan, notamment pour le salon de coiffure. « Azzurra me tuerait si je le vendais ! » Les filles ont certes hérité de la gestion, mais il reste sa propriété. Je lui assure que je prendrai le relais.

« Rassure-moi : Bianca sera heureuse en Sicile ?

— Elle sera avec son *papà*, elle ne peut être qu'heureuse, Fede.

— Je crois qu'Azzurra aurait approuvé ce choix, ou du moins je préfère le croire.

— Je le crois aussi.

— Tu lui apporteras des fleurs de ma part, de temps en temps ?

— Pour votre anniversaire de mariage et toutes les occasions importantes, oui, bien sûr. Elle serait capable de venir t'engueuler dans ton sommeil… Je m'en voudrais trop. »

Il lâche un rire triste.

« Et toi, Valentina, ça va aller ?

— J'en sais rien. Mais si je sens que mon moral est en berne, je vous rendrai visite, et ça m'aidera à aller mieux. »

À l'aéroport, on abrège les au revoir. Après qu'ils ont enregistré leurs bagages, je porte Bianca jusqu'au portique du contrôle de sécurité, où je suis obligée de la confier à son papa.

Je lui chuchote à l'oreille que je l'aime, et que je serai toujours là pour elle.

Elle serre fort ses petits bras autour de mon cou, une dernière fois. Je les embrasse, avant de partir sans me retourner.

De : latuaziatina@gmail.com
À : auguribianca@gmail.com

L'adolescence n'a pas été une période facile.

Il y a eu les premières amourettes, et les hormones qui, soyons honnêtes, ont un effet abrutissant sur le cerveau. (Pourvu que, lorsque tu liras ce mail, tu en sois sortie, et que tu aies récupéré toutes tes facultés mentales !)

À cet âge critique sont donc survenues les vraies disputes.

Le premier petit ami de ta mère, Riccardo, était un sacré beau gosse – plus âgé, regard ténébreux et cheveux gominés. Il lui a fait perdre la raison. Mon amie chérie n'était plus que sourires niais et cœurs dans les yeux. Rien ne l'intéressait, à part Riccardo. Elle ne vivait qu'à travers lui. J'en ai conçu de la colère et de l'inquiétude : comment avait-elle pu être lobotomisée à ce point ? Quand j'essayais de lui en parler, elle me balançait au mieux un classique « Pfff, tu peux pas comprendre, de toute façon », au pire un « T'es jalouse, c'est ça ? », qui me donnait envie de la tuer.

On n'a jamais vécu nos histoires d'amour de la même manière. Azzurra, éternelle romantique, tombait immédiatement amoureuse de «l'homme de sa vie» – et il y en a eu beaucoup, des hommes de sa vie –, tandis que je ne prenais jamais mes relations très au sérieux.

Pour la première fois, nous sommes restées plusieurs jours d'affilée sans nous voir ni nous parler.

Ma *best friend* me lâchait pour le premier venu? Très bien. Il ne tenait qu'à moi de me faire de nouvelles amies.

Jusqu'à ce qu'Azzù revienne en pleurant, après avoir surpris le Riccardo de sa vie en train de rouler une pelle à une autre. Tous mes plans de vengeance étaient tombés à l'eau. La colère m'avait prise d'un coup : j'avais attrapé ta mère par le bras pour la traîner jusqu'au bar où squattait son mec en compagnie de sa nouvelle conquête, et je lui avais ordonné de m'attendre dehors. Je suis entrée comme une furie, et j'ai gratifié le goujat d'une gifle dont il doit encore se souvenir.

Parce qu'il était hors de question que je laisse qui que ce soit faire du mal à ta maman.

Ce jour-là, nous avons décidé que jamais plus personne ne se mettrait entre nous. On a juré, les petits doigts entrelacés et les fronts collés.

Mais, comme toutes les promesses d'adolescentes, elle n'a pas été respectée.

17

Je suis allée au lac directement de l'aéroport. La cérémonie commence à 16 heures, mais depuis 8 heures ce matin, tout le monde s'active. Parfait timing.

Laura s'affaire en cuisine, Fabio et Ludovica disposent les chaises à l'extérieur, les serveurs dressent les tables. Tout roule.

En revanche, le temps reste couvert, malgré nos incantations. Le blanc immaculé des fleurs et des tentures contraste avec le gris menaçant du ciel et du lac. Pleuvra ? Pleuvra pas ? Pourvu que la brise légère qui s'est levée suffise à chasser les nuages au-delà des montagnes…

Je rafraîchis compulsivement l'appli météo de mon téléphone, priant pour que les prévisions s'améliorent. OK, Livia m'agace (voire m'horripile), mais je suis payée pour que cette journée soit parfaite.

D'ailleurs, la mariée ne devrait plus tarder à faire son entrée accompagnée de sa cour – soit : sa famille proche, son coiffeur, sa maquilleuse. Je checke une dernière fois que tout est en place, mais rien n'a été laissé au hasard.

C'est exactement pour cette effervescence des heures qui précèdent la cérémonie que je fais ce métier et que je vibre. Ce moment précis où les mois de travail, de réflexion, de prises de tête, de négociations, d'angoisses et de petites victoires prennent tout leur sens. Ce moment où mes projets deviennent enfin réels et se concrétisent. J'ai l'impression que, chaque fois, je réalise mon rêve de petite fille.

Si le mariage des autres m'a toujours mise dans cet état, je ne fantasme en revanche pas du tout la place de la mariée. (Encore faudrait-il, d'ailleurs, avoir quelqu'un dans ma vie !) Ce qui me plaît, c'est d'être dans l'ombre : je ne suis pas attirée par la lumière, ni par l'idée d'être liée à jamais à un seul et grand amour.

Une fois les mariés dans leurs chambres respectives, l'équipe au complet s'autorise un petit en-cas. Laura nous a préparé des sandwichs dont elle a le secret – pour moi, mozzarella *di bufala*, mortadelle et crème de pistache : une tuerie !

Puis je vais passer une tête dans la suite de Livia, histoire de prendre la température…

« Je peux entrer ?

— Oui, viens ! »

Elle règne en maîtresse au milieu de ses quatre demoiselles d'honneur dans l'imposant salon, très belle dans son peignoir de soie blanc. Elle a un port de tête royal, un regard déterminé, néanmoins empreint, aujourd'hui, d'une certaine douceur – ce qui n'enlève rien à son autorité naturelle. Livia est le personnage principal de la série qui se joue sous mes yeux. Il ne peut y avoir de méprise.

« Tout se déroule comme tu veux ? je demande.

— Il ne fait pas très beau, mais bon, pas le choix, apparemment. Au fait, Valentina, on m'a rapporté que mon cher futur mari souhaitait porter de vieux boutons de manchette sortis de je ne sais où… Alors que ceux que je lui ai achetés s'accordent *parfaitement* à son costume. Merci d'aller arranger ça ! »

Le répit aura été de courte durée. Bizarrement, je la trouve beaucoup moins jolie d'un coup. Surtout : ne pas s'énerver. J'affiche donc mon plus grand – et faux – sourire, et lui assure, les dents serrées, que j'ai la solution.

À l'étage inférieur, je toque à la chambre de Francesco. Il est en train de papoter avec son témoin et son père. Impossible de se faire une idée de ses émotions, même en ce jour particulier. Son visage n'exprime pas grand-chose – si ce n'est un soupçon de lassitude ? Une chose est sûre : cet homme a le charisme d'un yaourt nature.

« Livia voudrait s'assurer que tu mettes bien les boutons de manchette choisis par ses soins.

— Non, mon père m'a apporté les siens. Regarde cette merveille… D'autant qu'ils ont une valeur sentimentale. Et puis, ils sont en forme de fer à cheval, ça ne peut que me porter bonheur !

— Je vois. Magnifiques. Elle tient néanmoins *beaucoup beaucoup* aux autres… Et elle aimerait *vraiment vraiment* que tu ne changes pas ses plans.

— C'est une blague ?! s'exclame le père avec un fort accent sarde. Tu vas pas te laisser faire, quand même ? Tu peux bien mettre ce que TU veux à ton mariage, merde !

— Papa…

— Quoi, Papa ?… Tu as dit oui à *tout*, pour ce mariage. Tu as dit oui à tout pour absolument tout, de toute façon, depuis que tu es avec elle. Est-ce que ces boutons de manchette ne pourraient pas être l'exception ?

— Je ne fais que passer le message, désolée.

— Oui, Valentina, je t'en remercie », répond Francesco gêné.

Je referme la porte, tandis que la colère du père explose. Il ne semble pas porter sa belle-fille dans son cœur.

L'orage éclate au même moment.

18

Il nous a fallu moins d'une heure pour mettre le plan B à exécution. Rapatriement au sec ! Tout le monde a donné un coup de main, y compris les employés de l'hôtel. Bilan des courses : les bouquets n'ont pas subi de dommage, et les tentures de secours pour l'autel sont du plus bel effet, même à l'intérieur. Nous avons réussi à délocaliser l'ambiance du jardin dans le grand salon d'apparat. Le rendu est élégant et romantique. Je suis assez fière du résultat.

La sœur de Livia m'a confié par deux fois que la future mariée était en pleine crise de nerfs et qu'elle refusait de commencer la cérémonie tant que l'orage n'était pas passé. J'ai expliqué, d'abord calmement, puis beaucoup moins, que le maire était prévu à 16 heures, que d'autres cérémonies l'attendaient ensuite, et qu'il était *impossible* de repousser, ni de dégotter un maire de secours. Et que, selon les prévisions, la pluie n'était pas près de s'arrêter. Le mieux était donc d'essayer de la convaincre – car oui, il y a bien pire, dans la vie, que de se marier dans un hôtel sublime avec vue sur le lac de Côme.

« Je suis d'accord, mais tu ne sais pas comment elle est… », me glisse la jeune femme, navrée.

Oh bah si, je commence à le savoir.

À deux doigts de piquer à mon tour une crise, j'envoie Ludovica en mission : celle de tenter de raisonner la mariée, pendant que je m'assure que l'assemblée est en place, prête à recevoir Sa Majesté.

Trente minutes plus tard, mon assistante revient, les yeux bouffis de larmes. Pour sûr, Livia l'a pourrie. Mon sang ne fait qu'un tour. Sous prétexte qu'ils se paient nos services, certains clients se croient le droit de dépasser les bornes. Or on ne touche pas à mon équipe ! Et je compte bien le faire savoir.

Alors que je m'apprête à en découdre une bonne fois pour toutes, Ludovica pose délicatement sa main sur mon bras.

« Laisse, c'est rien. Promis, ça va aller. Et, je ne sais par quel miracle, sa témoin a réussi à la convaincre. Elle lui a montré des vidéos de mariage sous l'orage, parce que, je cite : "Ça fait romantique et c'est *trop* instagrammable."

— J'hallucine. On ne me l'avait encore jamais sortie, celle-là. »

Enfin, l'orchestre se met en place à la droite de l'autel, tandis que les invités finissent de prendre place. Dehors, la pluie s'abat comme un rideau qui enveloppe l'hôtel, sans pour autant gâcher le décor. Moitié tropical, moitié cosy.

Je passe une tête dans la cuisine. Laura lève un pouce dans ma direction.

« *Tutto a posto, Bella !* Et le gâteau vient d'être livré. Ici, on gère ! »

La pression retombe ; j'en profite pour prendre l'air. Les jours de pluie, une odeur particulière émane du lac. Je ne saurais pas la décrire mais la reconnaîtrais entre mille. On devrait s'en inspirer pour un parfum. « Brume au lac de Côme ». J'inspire profondément pour me shooter – avec un peu de chance, ça me fera planer. Et un vieux réflexe me prend : envoyer un vocal à Azzurra. Un message du type : « J'étais à deux doigts de noyer la mariée dans le lac, mais je me suis contenue. Tu es fière ? » Elle m'aurait répondu avec un GIF – sûrement une foule qui se lève pour applaudir ; ça aurait suffi à m'encourager et à me redonner le sourire.

Mais la réalité est plus vache. Je dois me contenter de son dernier texto.

« Viens prendre l'apéro ce soir ! Bianca veut voir sa marraine. »

Si seulement, Azzù, si seulement…

À l'intérieur, le marié, enfin descendu des étages, est pâle comme un linge ; d'ailleurs, s'il continue à contracter sa mâchoire ainsi, toutes ses jolies dents risquent de sauter une à une. Il tripote frénétiquement ses boutons de manchette… qui ne sont pas parfaitement coordonnés au costume, il faut le reconnaître : j'en déduis qu'il a préféré jouer les rebelles. Wow, je ne le pensais pas si courageux, le petit Francesco !

Je rejoins mon poste d'observation, au fond de la salle de réception. Ludovica fait de même de l'autre côté. Les chaises sont presque toutes occupées, hormis celles des demoiselles d'honneur.

L'orchestre s'accorde, tandis que le maire relit silencieusement son discours derrière le pupitre.

La tension monte d'un cran. Les invités chuchotent. Bientôt la mariée fera son entrée, et tous les téléphones seront brandis pour immortaliser ce moment.

Il est temps de prévenir Livia. Elle est magnifique, dans sa robe bustier blanche. Elle m'avait montré des photos des essayages – auxquelles j'avais prêté attention, sans m'appesantir pour autant –, mais j'admets qu'avec sa coiffure, un chignon bas rehaussé de quelques perles, son maquillage très naturel des yeux et très rouge vif sur ses lèvres, et l'émoi qui a enfin pris le pas sur la colère, elle ressemble à une poupée.

« Tu es superbe, dis-je sincèrement. C'est l'heure, il faut y aller. »

Elle marque un temps d'arrêt en prenant une longue inspiration, comme une actrice avant de monter sur scène, pour se concentrer et se donner du courage. Les demoiselles d'honneur saisissent sur la console leurs bouquets de roses blanches et se placent en file indienne dans le couloir, devant la porte de la suite. Le papa de la mariée, en costume gris, très élégant, couve sa fille de ses yeux emplis de fierté et d'amour.

Une vive émotion m'envahit, que je tente de contrôler en bredouillant un « Je descends ! », avant de rejoindre la salle, où j'indique d'un signe à l'orchestre de commencer.

Alors que Livia se dirige vers l'autel, son visage change au rythme de la *Marche nuptiale*. La commissure de ses lèvres semble tout à coup et d'abord imperceptiblement subir la gravité, puis sa main gauche se crispe sur le bras de son père, tandis que la droite broie son joli bouquet de lys. Quant à ses yeux, ils s'apprêtent à lancer des éclairs pour embraser le voile qui les dissimule.

De son côté, Francesco, encore innocent, n'est aucunement conscient de ce qui est en train de se jouer.

Je cherche Ludovica dans l'assistance. À sa mine contrite, je comprends qu'elle aussi a remarqué. Bordel ! Qu'est-ce qui cloche encore ?! Mon pouls s'accélère, des bouffées de chaleur m'étouffent. Serait-ce la déco ? Impossible, je lui ai tout fait valider cent fois…

Soudain tout s'éclaire : les putains de boutons de manchette ! Elle ne va quand même pas ruiner son mariage pour si peu ?!

Monsieur soulève délicatement le voile de sa promise, sourit tendrement et l'embrasse sur la joue. Livia reste impassible. Ambiance…

Le maire souhaite la bienvenue à l'assemblée et déclare que la cérémonie va pouvoir s'ouvrir.

Livia se jette alors sur le micro. Parmi les invités, personne ne semble s'inquiéter de ce discours précipité. Mais ceux qui savent… savent. Le (pauvre) Francesco, Ludovica et moi craignons le pire. Bonne intuition.

« Hum, oui, on va pouvoir commencer. Merci à tous d'être là ! Mon cher futur mari a juste commis un petit oubli… Ah, ces hommes, toujours la tête en l'air ! Que feraient-ils sans nous ? Ah ah ! Claudio, tu veux bien aller chercher les *bons* boutons de manchette de Francesco ? Tu serais un amour. Y en a pour deux minutes, monsieur le maire. »

Dans le public, des rires plus ou moins gênés s'élèvent. Claudio, le témoin, cherche de l'aide, une réponse, une consigne, le moyen de disparaître sous terre – tout ça dans les yeux du marié, qui a déjà baissé le regard.

Un silence terrible s'ensuit. Pitié, qu'on en finisse !…

Francesco redresse enfin la tête, quelques secondes qui me paraissent une éternité. Il va aller changer ces boutons de manchette, oui ou merde ?!

Mais il saisit le micro des mains de Livia et, d'une voix placide, annonce :

« Je m'en occupe moi-même, ma chérie. Ça ira encore plus vite. Ne bouge pas. »

Oui mais voilà : Francesco n'est jamais revenu.

ÉTÉ

Diane & Richard

19

La chaleur est étouffante ; c'en est insupportable. La ville s'est vidée de ses habitants, car tout le monde a migré dans le sud de la botte pour les vacances.

De mon côté, c'est la période la plus chargée de l'année. (Incroyable : les gens préfèrent se marier sous le soleil en été plutôt qu'en hiver sous la pluie !) J'ai néanmoins réussi à poser quelques jours pour partir bientôt en Sicile retrouver Bianca.

Des semaines que je ne la vois que sur un écran de téléphone… J'ai si peur d'être devenue une étrangère ! La mémoire est fugace, à cet âge. Et quand bien même nous communiquons en visio, je crains qu'elle ne me considère plus comme un membre de sa famille. Elle a une nouvelle vie, de nouveaux repères. Elle est gardée par ses grands-parents et sa tante paternels, que je connais assez peu. Ai-je encore une place dans sa vie ? Federico a beau m'assurer que oui, j'appréhende.

Je franchis la porte du cimetière. Ça fait cinq mois jour pour jour qu'Azzurra est partie.

C'est marrant, cette expression : *elle est partie*… Je dis qu'elle est partie, parce que dire qu'elle est morte, c'est encore trop violent, trop définitif. Elle est partie, ça me plaît. Ça laisse de l'espoir. Sur un malentendu, elle pourrait revenir.

J'aime bien venir ici – enfin, *j'aime bien*… je me comprends. Je préférerais faire les boutiques avec Azzù à La Rinascente, flâner des heures au rayon chaussures et essayer tous les modèles possibles en feignant d'avoir mille balles à claquer pour des pompes, avant d'aller boire un café face au Duomo en répétant que, vraiment, on ne se lasse pas de cette vue. Seulement, ça, c'est fini ; alors je m'adapte.

Je ne fais pas trop de chichis. Au cimetière, je me comporte normalement. Il s'agit d'un lieu public comme un autre. Il paraît que les morts forcent le respect ; pourtant, si on y réfléchit, il y a ici des gens bien et de sombres raclures, comme ailleurs. Sous prétexte que ces raclures sont six pieds sous terre, il faudrait tout à coup leur présenter nos hommages – une belle connerie, à mon avis.

En général, je m'assieds au pied de la tombe d'Azzurra, et je lui parle à voix haute. Pas dans ma tête ou en chuchotant. Non. J'ai besoin que mes mots se cognent contre le marbre. Qu'ils lui parviennent vraiment.

Au lendemain du mariage de Livia et Francesco – enfin, du mariage avorté, plutôt – je me suis précipitée au cimetière pour tout lui raconter, ainsi que je l'aurais fait avant, si ce n'est qu'on se serait installées en terrasse devant un verre pour débriefer dans le détail. J'ai l'impression de l'entendre.

« Non mais tu rigoles ?! Tu me fais marcher, c'est pas possible ! »

Alors, je lui réponds tout naturellement que si, si, le futur époux a planté la mariée devant tout le monde, avant de s'enfuir avec la Rolls de location. On s'est bien marrées, et c'était bon.

Aujourd'hui, le cimetière est vide, comme les rues. Les morts doivent s'ennuyer un peu, en période estivale. Histoire de ne pas me sentir trop seule moi aussi, j'ai embarqué Totò et mon sandwich *al prosciutto* pour déjeuner ici.

Quand je raconte ces rendez-vous à ma mère, elle me trouve glauque. Selon elle, je devrais consulter pour apprendre à me détacher et à passer à autre chose. Elle qui, comme chacun sait, respire la joie de vivre… D'autant que – merci Maman – je consulte déjà.

En général, à chacun de ses appels, elle me gratifie d'un « T'as toujours été bizarre, de toute façon… ». Ce que je prends maintenant pour un compliment. Et puis elle ne peut s'empêcher de me demander si je compte éviter encore longtemps *ses* appels. Je préfère ignorer ses commentaires en lui parlant de ses plantes ou du temps qu'il fait.

« Azzù, t'as pas trop chaud, là-dessous ? Tu te souviens quand on faisait des blagues si horribles qu'on était persuadées qu'on finirait en enfer ? Mais que ça n'avait que peu d'importance, parce qu'on préférait la chaleur ? Et qu'on recommençait avec des idées bien pires encore ? On en rirait beaucoup moins, aujourd'hui, si on avait su…

Est-ce que tu vois tout, de là où tu es ? Genre même les gens à poil chez eux ? Comme si t'avais une cape d'invisibilité ? Si tu détiens ce superpouvoir et que tu ne peux rien m'en dire, ce serait franchement du gâchis…

Je parle, je parle, mais je suis si fatiguée, Azzù. Quelques jours sur le lac, avant le prochain mariage, vont me faire du bien, je te le dis ; ensuite j'irai rejoindre ta petite Bianca. Elle a tellement grandi, en très peu de mois. Et elle connaît plein de nouveaux mots ! Tu sais qu'elle dit *bedda* en sicilien ? »

Je mords dans mon sandwich et donne un bout de *prosciutto* à Totò, jusque-là occupé à chasser un lézard.

« Sinon, au boulot, je crois que Laura en pince pour Fabio. C'est vrai qu'il est mignon, ce petit fleuriste. Mais un peu trop vieux pour elle, si tu veux mon avis. Il est super gentil et attentionné avec elle, mais je ne sais pas si… Enfin, tu me comprends.

Quant à mes prochains mariés, ils sont adorables, respectueux, et totalement fous d'amour l'un pour l'autre. Normal, pour des futurs mariés, tu me diras ! Mais ça ne saute pas toujours aux yeux, hein.

Les suivants, ça va plaire à la grande romantique que tu es. C'est un vieux couple qui souhaite renouveler ses vœux. Cinquante ans de mariage, figure-toi ! Ils se sont mariés à dix-huit ans et ont eu quatre enfants. Je les rencontre en vrai demain pour la première fois. J'ai surtout été en contact avec la fille aînée, jusqu'à présent, qui a tout organisé. Peut-être que ces tourtereaux détiennent la recette miracle de l'amour ? Je te raconterai.

Et je te répète, puisque tu me poses toujours la même question, que non, je n'ai pas du tout envie de me caser. Totò et toi êtes mes seules relations stables.

Oh, je ne crache pas sur une nuit torride de temps en temps ! Mais je n'ai pas besoin de plus. Guido fait très bien l'affaire, dans ces cas-là ; c'est toujours le coup du siècle au lit. Mais c'est à peu près le seul domaine où il excelle. Il a le corps d'un *dieu* grec et le QI d'un *yaourt* grec.

Tu penses que je suis bizarre ? Comme ma mère ? OK, peut-être un chouia.

Mais tu ne me l'as jamais fait ressentir.

D'ailleurs, merci Azzù. Je ne t'avais encore jamais remerciée pour cette attention. »

De : latuaziatina@gmail.com
À : auguribianca@gmail.com

Ce que ta mère aimait : fêter son anniversaire, les carnets (elle avait toujours une bonne raison d'en acheter un nouveau), les magnets à coller sur le frigo, se promener dans Milan tôt le matin, les Pouilles pour les vacances, le chocolat noir (si tu veux mon avis, ce n'est pas du *vrai* chocolat), se photographier quand elle était enceinte de toi, les magazines people, tortiller ses cheveux – ou ceux des autres – autour de son doigt pour s'endormir, les Magnum chocolat blanc (elle n'était pas à une contradiction près), dire «*Accipicchia !*», prendre le tram, jouer au Cluedo et aux cartes, recevoir des fleurs, discuter des heures avec ta grand-mère Adele, apprendre (ta mère était si curieuse), s'inscrire avec moi à des cours d'essai pour tout et n'importe quoi et ne plus jamais y remettre les pieds ensuite, le dimanche soir (oui, toute personne normale *déteste* le dimanche soir, je sais ; mais je t'ai dit que ta mère était exceptionnelle), renifler tes pieds de bébé, répéter «ma toute petite fille» sans jamais s'en lasser, la brume, les trenchs bien coupés, écouter les ragots de ses clientes, tripoter l'alliance de son mari pendant qu'elle lui tenait la main, les gorilles – mais pas dans les zoos –, la vieille vaisselle dépareillée, la ride du lion de ton père, marcher sans chaussettes sur le parquet qui craque.

Ce que ta mère n'aimait pas : Salvini, sa voisine du dessus, les zoos, l'odeur des mandarines (dont elle adorait le goût), les gens qui abusent des smileys, les consultations chez le pédiatre pour tes vaccins (elle pleurait plus que toi), regarder des vidéos d'accouchement (personne ne lui a demandé d'en regarder, mais elle s'est imposé ce supplice un nombre incalculable de fois, pour « être prête » le jour J), les jupes longues, le ping-pong (au collège, ce sport la mettait vraiment *très* en colère), les soirées de Nouvel An, le madison – et tous ceux qui dansent le madison –, sortir les poubelles de tri (parce que le carton doit être soigneusement plié), faire la grasse matinée (du temps perdu, selon elle), te laisser pour aller travailler, les jeux de grattage, les mites alimentaires (enfin, personne n'aime ces bestioles), m'entendre jurer « Je me déteste ! » (en général, elle m'aboyait dessus : « JE T'INTERDIS DE DIRE ÇA ! T'AS COMPRIS ? », et je répondais OK, car elle me fichait la pétoche), accompagner ta grand-mère aux séances de chimio (pourtant, elle n'en a raté aucune), sa ride du lion, les places assises au concert, les tickets de caisse, rendre visite à sa mère au cimetière, les chasseurs, les semaines de *fashion week* à Milan – à cause des énormes bouchons, et de la foule qui nous empêchait de profiter de nos terrasses préférées et de notre ville.

20

Lorsque je viens passer quelques jours près de Côme, je m'installe toujours chez Gilda, une vieille dame qui loue des chambres d'hôtes à Bellagio. En général, elle me réserve celle avec vue sur le lac. « Mais je te facture une vue jardin, ma douce », me chuchote-t-elle à chacune de mes arrivées pour ne pas susciter les protestations de son mari.

J'aime le calme de cette grande bâtisse, son jardin et ses hamacs à l'ombre des arbres, et surtout son emplacement : proche de toutes les commodités, et à deux pas du ferry qui me permet de passer d'une rive à l'autre sans avoir besoin d'emprunter ma voiture. Sans oublier les petits déjeuners à se damner de Gilda, avec *cutizza comasca* (une sorte de crêpe – ma préférée est celle aux pommes) et du *mataloch* (le *panettone* du lac, aux noisettes, aux amandes et aux fruits confits – une tuerie !). Et, bien rare et donc précieux dans les environs : la maison est dotée d'un parking !

Totò est ici comme un pape et traité comme un roi. Il paresse des heures au soleil quand il n'est pas en train de quémander des friandises. Parce que Monsieur a repéré la planque, dans le placard de l'accueil, et se plante devant, avec son regard de chien battu jusqu'à ce qu'une bonne âme ait pitié de lui. Les jours où sa ténacité ne suffit pas, il feint de s'évanouir en se laissant choir sur le flanc – une vraie *drama queen*, cette saucisse.

J'ai juste posé mon sac et me suis installée au bureau. J'allume mon ordinateur et clique sur le dossier « Diane et Richard ». Je révise avant de les rencontrer. Juliette, leur fille aînée, m'a prévenue : je ne dois *rien* leur dévoiler, car il s'agit d'une totale surprise. Ils savent seulement que leurs vœux seront renouvelés, en petit comité. Ils sont loin de se douter de la fête grandiose qui les attend…

Juliette m'a aussi confié que le mariage de ses parents, il y a cinquante ans, avait été très modeste. Les deux familles ne disposaient que de peu de moyens ; encore jeunes, les mariés venaient à peine d'entrer dans la vie active. Diane portait la robe de sa mère, qu'elle avait retouchée pour la mettre à sa taille, et Richard avait enfilé un costume d'occasion.

Juliette et ses trois frères sont très fiers du chemin qu'ils ont parcouru depuis. Dès notre premier rendez-vous en visio, j'ai compris qu'elle souhaitait leur offrir un moment merveilleux, afin de les remercier de tout ce qu'ils avaient entrepris pour leurs enfants. D'ailleurs, à chacun de nos entretiens, l'émotion est palpable, à tel point que Juliette s'effondre dès qu'elle évoque ce couple idéal. (Ça promet une cérémonie larmoyante ! Note à moi-même : prévoir un stock de mouchoirs suffisant.) Elle m'a même avoué avoir plus le trac pour ce renouvellement qu'elle n'en avait ressenti à son propre mariage.

C'est bien : je n'ai pas du tout la pression ! Mais ce projet est aussi original que stimulant. Avec Ludovica, nous avons donc mis le paquet pour être à la hauteur. D'autant que la famille dispose, cette fois, de gros moyens financiers, ce qui nous a permis de voir en grand. En *très* grand.

J'en profite pour envoyer à Fabio les plans 3D de la configuration que nous avons imaginée. Il va devoir disposer d'énormes compositions au-dessus des tables, alors que la cérémonie aura lieu en plein air – difficile, mais pas impossible, pour ce véritable MacGyver de la fleur.

Je consulte mon téléphone, qui affiche un SMS de mon père.

« Coucou, ma chérie. Ta mère m'a dit que tu étais au lac. Je peux venir dîner avec toi, ce soir ? *Baci.* »

Je lui donne rendez-vous à 20 heures dans un restaurant tout proche, où j'ai mes habitudes. Je n'ai jamais su lui dire non. Je reçois un pouce en l'air. *It's a date !*

Si c'est un mari assez épouvantable, c'est en revanche un très bon papa. Patient, à l'écoute, disponible. Lorsqu'il a su pour Azzurra, il a été le premier à accourir. Il s'est installé chez moi plusieurs jours pour me veiller, m'aider à me lever, m'obliger à m'habiller et à me nourrir.

Maman a toujours été un peu jalouse de notre relation.

En réalité, Maman est jalouse de *toutes* les femmes qui intéressent mon père, de près ou de loin, et quelles qu'elles soient.

21

Quand je pénètre dans la *trattoria*, mon père est déjà attablé. Son visage s'illumine dès qu'il m'aperçoit. Il se lève d'un bond, s'approche et me serre dans ses longs bras minces.

« Comment tu vas, ma chérie ? » me demande-t-il sans relâcher son étreinte.

Je hausse les épaules. Il dépose alors un baiser sur mon front, puis m'invite à m'asseoir.

« Je suis content de te voir, Vale.

— Moi aussi je suis contente de te voir, Papa. »

Après avoir échangé quelques banalités, je prends des nouvelles de ma mère.

Mon père n'est plus amoureux d'elle depuis de très nombreuses années. Ce n'est un secret pour personne. Pourtant, ils vivent encore ensemble.

« Elle a assez d'amour pour nous deux, et je ne pourrai jamais la quitter », répète-t-il à l'envi.

Pour cause : sa femme a toujours menacé de se tuer s'il partait. Alors, il reste. Il sait que ma mère est capable du meilleur, mais surtout du pire. Il n'a pas les épaules assez larges pour supporter le poids de la culpabilité si elle mettait un jour ses menaces à exécution.

Il cumule aussi les aventures. Parfois, même, il éprouve des sentiments. Cet état dure un jour ou deux, ou plusieurs mois. La plupart du temps, ma mère feint de ne rien voir ; quelquefois, elle laisse éclater sa peine et sa colère. Ce manège dure depuis si longtemps maintenant qu'il en est devenu une routine, un équilibre – le leur. Et Maman sait que la frivolité de Papa est le prix à payer pour qu'il demeure auprès d'elle.

Pour autant, mon père ressent pour son épouse une véritable affection, sincère et inébranlable. Aux petits soins, il l'accompagne aux expos photos dont elle raffole, ou au cinéma… Le seul problème, finalement, c'est cette passion qui s'est fait la malle. Sans elle, tout paraît fade.

J'ai grandi entre leurs disputes et leurs réconciliations. Par la force des choses, je suis devenue une femme peu exigeante avec les hommes, prête à tout leur pardonner. Sauf l'infidélité. Est-ce parce que j'ai accepté celle de mon père comme une fatalité ? Un nouveau sujet croustillant à aborder avec ma psy…

Mon père était kiné dans un centre de rééducation. La retraite venue, il tournait en rond ; alors il s'est engagé en tant que bénévole dans la même structure. Ce métier, c'est toute sa vie. Rien n'est plus précieux pour lui que de voir les patients guérir, progresser, persévérer, « ressusciter », comme il aime à dire. Il faut sans cesse qu'il apporte son aide. Le jour où il arrête de donner, je pense qu'il prend trente ans d'un coup.

Nous prenons un verre de vin avant de commander.

« Bon, et toi alors ? Tu pars en Sicile bientôt, c'est ça ?

— Oui, lundi. J'organise un mariage ce week-end. Ensuite, j'irai chez Federico quelque temps. J'ai hâte de retrouver Bianca.

— J'imagine… Comment se passe leur nouvelle vie, là-bas ?

— Fede est heureux d'avoir sa famille auprès de lui. Et même s'il a un peu de mal à se réadapter au rythme sicilien, il ne regrette pas son choix. Et vous ? Vous avez un voyage de prévu, avec Maman ?

— Un gros week-end à Menton. Tu sais combien ta mère adore cette ville. Je vais lui réserver la surprise…

— Bien. Elle devrait retrouver sa bonne humeur, pour quelques jours au moins. »

Nous esquissons le même sourire. C'est à lui que je le dois.

« Valentina, je suis aussi venu pour te parler de t…

— Papa, si tu prononces un mot de plus, tu gâcheras notre joli dîner, et je quitterai immédiatement la table. Ce serait vraiment dommage, tu ne crois pas ? »

Vaincu, il baisse les épaules, avant de se concentrer en silence sur les cacahuètes.

Nous avons passé un délicieux moment autour d'un délicieux dîner. Sans surprise, alors que nous sortons du restaurant, mon père me propose une petite *passeggiata* – la promenade digestive qui, selon lui, est indispensable à une bonne hygiène de vie. D'ailleurs, la marche est sa solution à tous les problèmes existentiels, ou presque.

T'es triste ? Marche.

Constipé ? Marche !

Tu as du mal à dormir ? Marche…

Tu ressens de la colère ? Marche, et ça ira mieux.

Il n'a pas tort, au fond. Souvent, quand je suis face à un dilemme ou que j'éprouve une émotion trop vive, j'attrape Totò au vol et je sors prendre l'air.

(Totò, lui, n'est pas tout à fait d'accord avec la théorie paternelle : en ce qui le concerne, moins on en fait, mieux on se porte.)

Et je dois avouer que, au mieux, je trouve une solution ; au pire, je participe au bon fonctionnement de mon transit !

22

J'arrive dix minutes en avance sur le lieu de rendez-vous. Ce matin, je suis tombée du lit. Littéralement. Je me suis vautrée au sol après un énième rêve agité. Le réveil a été… violent.

Dans mon cauchemar, un incendie se déclarait pendant un mariage. J'essayais, dérisoirement, de l'éteindre en jetant sur les flammes l'eau dont j'avais rempli des coupes de champagne… Dieu merci, avant d'en voir plus, je me suis réveillée. Au moins, en tombant du lit, je ne risquais pas de terminer ma nuit rôtie à point au milieu de mes invités…

Il me reste de ce songe un drôle de sentiment. L'impression de ne pas y arriver. Et un gros manque de sommeil, qui me fait traîner le pas. J'adore mon métier, mais il y a des matins où j'ai moins envie que d'autres.

Je m'installe à une table de quatre, dans un bar à l'ambiance cosy et aux chaises dépareillées, et commande un cappuccino.

Au même moment, de l'autre côté de la salle, une grande blonde se lève et me fait signe.

« Valentina ! Nous sommes là ! » lance-t-elle dans un italien approximatif teinté d'un fort accent français.

En entrant, je n'avais pas remarqué leur petit groupe. Ce n'est pourtant pas faute d'avoir vu des photos de Diane et de Richard, mais je m'attendais à trouver un couple. Or, présentement, ils sont quatre devant moi.

Je m'approche, tends la main à Diane, qui la refuse pour me donner une accolade chaleureuse.

« Juliette m'a dit tellement de bien de toi !

— Oh, merci ! Enchantée, Diane.

— Lui, c'est Richard, mon mari. Et voici Christine et Jean-Pierre. Nos… amants. »

Euh… Ai-je bien entendu ?! Elle voulait dire « amis » ?

Elle ne me laisse pas vraiment le temps ni d'éclaircir la situation ni de montrer ma surprise. Elle a poussé ses affaires pour que je prenne place, et me voilà coincée entre Christine et Jean-Pierre, qui lui font face.

Je récapitule : d'un côté, le couple Diane/Richard ; en face, le couple Christine/Jean-Pierre, avec moi en sandwich… Mais j'ai entendu le mot *amant*, et ça reste à éclaircir. Sauf qu'entre-temps, dans un mélange de français et d'italien, la discussion a repris.

À cause de mon trouble de l'attention, j'ai du mal à suivre les conversations ; je suis souvent à côté de la plaque. Comme j'aimerais que Ludovica soit près de moi ! Décidément, ça risque d'être laborieux, ce matin.

Le serveur apporte mon cappuccino. Richard profite de sa présence pour commander une nouvelle tournée. La table est en effet déjà encombrée de verres.

« Champagne pour tout le monde, garçon ! Valentina, vous allez bien boire une petite coupe avec nous, après votre café ? »

C'est-à-dire qu'il n'est que 10 heures du matin, les amis ! Mais après tout, foutu pour foutu...

Les quatre compères sont d'humeur *très* joviale. Ou déjà un peu ivres. Ou les deux. Ils me parlent de tout sauf de ce qui justifie ma présence. Avec ma queue-de-cheval sage et mon look un peu classique, j'ai l'air carrément coincée (et un peu paumée), à côté de cette joyeuse bande.

Richard est lancé dans le récit, dans les moindres détails, de son voyage en Afrique du Sud. Il a frôlé une baleine, puis il a participé à un safari où il est tombé nez à nez avec un lion... Ah ouais, c'est l'homme qui a vu l'homme qui a vu l'ours, ce gars !

Eh bien justement, je ne crois pas si bien dire. Car il attaque l'inventaire de tous les animaux qu'il a croisés de près ou de loin dans sa vie, suivi de la liste précise des *endroits à ne surtout pas rater* ! Photos à l'appui, car il documente le tout.

Je crois que je vais crever... Mais qu'est-ce que je fous là ?!

Palier supplémentaire : il ponctue son monologue de « Hein, chérie ? », « C'était bien, chérie ? »... en s'adressant à Christine. Et non à Diane.

Je me frotte les tempes pour rester concentrée et trempe mes lèvres dans le champagne pour m'encourager. C'est quoi, cette matinée de dingue ? Une caméra cachée ?

Peut-être pour l'interrompre gentiment, Diane se redresse et annonce qu'elle va fumer une cigarette dehors.

« Passe-moi mon châle, mon cœur. Il fait un peu frais, ce matin. »

Je ne suis pas parfaitement bilingue, mais je me débrouille. J'ai vraiment entendu *mon cœur*. Et c'est Jean-Pierre qui, amoureusement, pose sur les épaules de Diane une très jolie étole dont elle se drape avec un sourire un peu niais. Richard, qu'est-ce que tu fous ? Réagis !

Bordel, je n'y comprends plus rien.

Le châle, justement… Rouge vif, avec des liserés orangés. Comme les flammes de cette nuit. J'ai l'impression d'entendre Azzurra susurrer à mon oreille.

« Tu vois que tu fais des rêves prémonitoires ! Regarde le rouge. Regarde les coupes. Qui boit du champagne si tôt ? Ils sont français, certes, mais ça n'explique pas tout ! »

Je secoue la tête, m'excuse auprès des trois autres et sors rejoindre Diane, histoire de la cuisiner et de prendre l'air au passage.

« Tout va bien ? me demande-t-elle.

— Oui, merci… Et vous ? Vous êtes prête pour cet événement qui se prépare ?

— Eh bien, je crois. Je me suis déjà engagée il y a cinquante ans, ironise Diane. C'est toujours pareil, non ? Il suffit de dire oui… »

Elle est belle, cette femme. La lumière rend ses yeux plus bleus encore. Ses rides d'expression trahissent plus de rires que d'anxiété. Elle semble heureuse, épanouie, si légère et… vivante. C'est ça : vivante. Et elle a quelque chose de communicatif, un peu comme ces lampes de luminothérapie qui remontent le moral en hiver.

« Exactement, il n'y a qu'à dire oui. Mais vous avez peut-être des demandes particulières pour cette journée ? Ce sera *votre* journée ! Juliette s'est déjà occupée de presque tout, mais si vous souhaitez ajouter quelque chose, je suis là pour ça. À votre service.

— Hmmm, voyons voir… Est-ce qu'on peut changer de mari ? »

Je ricane sans trop savoir comment le prendre et scrute mes pieds, un peu gênée. Premier degré ? Second degré ? Qu'est-ce que je suis censée répondre ? Elle rompt heureusement le silence.

« C'est une vraie question, Valentina ! »

Elle me fixe, avec ses yeux pétillants et un grand sourire.

« Euh… Comment ça ? Vous ne voulez pas vous remarier avec Richard ?

— Oh non ! Ça fait des années que nous ne sommes plus ensemble. Je suis folle amoureuse de Jean-Pierre. Et lui de Christine. »

J'avais donc bien compris ! Abasourdie, je m'assieds sur l'une des chaises installées à l'extérieur.

« Enfin… Juliette… Vos enfants sont au courant ?

— Ah ça, non ! Ça les tuerait.

— Pardon, Diane, mais j'avoue que j'ai beaucoup de mal à vous suivre. Ils sont en train de vous organiser le remariage du siècle !

— Venez, rentrons. On va commander une nouvelle coupe au serveur, et tout vous expliquer. Promis. »

23

On a vidé deux bouteilles. Et commandé des planches de charcuterie et de fromages, pour éponger. Il est 14 heures, et je suis complètement ivre. J'ai mal au crâne et très envie de vomir, mais mon français n'a jamais été si fluide.

Mes compagnons sont toujours en super forme, eux ; pourtant ils ont plus du double de mon âge. À croire que, pour les Français, le champagne, c'est de l'eau. Ils doivent être immunisés contre ses effets indésirables. Comme nous avec le Spritz.

Moi qui m'attendais à un rendez-vous des plus classiques, à écouter deux vieux tourtereaux me raconter comment ils avaient fait perdurer leur amour pendant cinq décennies, et à discuter petits fours et musique pour le bal, je ne suis pas déçue du voyage…

Diane et Richard ne s'aiment plus depuis plus de vingt ans. Jusque très récemment, ils se détestaient même en secret. Enfin, en secret de leurs enfants. Ils m'ont confié s'être parfois donné rendez-vous hors de chez eux pour pouvoir s'engueuler décemment – autrement dit : avec fracas, mais sans spectateurs.

« Je te jure, ça nous est arrivé d'acheter des assiettes en brocante pour les casser en nous hurlant dessus. Mais c'était pour mieux tenir le coup à la maison.

— Mais pourquoi ne pas avoir divorcé ?

— Pour tout un tas de raisons, Valentina, m'a dit Diane. Tout d'abord, à cause de notre éducation catholique. Depuis notre plus tendre enfance, on nous a enseigné qu'une fois qu'on s'était juré de s'aimer pour la vie devant Dieu il fallait tenir parole. Nos familles respectives n'auraient jamais supporté un divorce ! Ça leur aurait causé bien trop de chagrin et de honte. »

Richard l'a interrompue une seconde.

« Nos parents n'avaient pas grand-chose, mais un sens de l'honneur sans compromis, et des principes chevillés au corps. »

Elle a approuvé d'un hochement de tête avant de reprendre.

« Ensuite, bien sûr, pour nos enfants. C'est notre faute. On leur a toujours caché nos différends parce qu'on a préféré les préserver de ce qu'on pensait être des petits problèmes de couple. Et puis, à la fin, le mensonge est devenu la norme… À tel point qu'on n'avait plus le courage de s'en défaire. »

Je les ai écoutés avec attention, tout en essayant déjà d'évaluer la dangerosité de l'événement que je me préparais à organiser… Richard a poursuivi, comme s'ils avaient encore oublié quelque chose parmi cette panoplie d'arguments qui justifiaient leur mensonge. Ou tout du moins leurs petits arrangements.

« Sans oublier Juliette ! Qui nous vénère… Oh, pas individuellement, non ; mais en tant que couple.

Pour elle – et aussi pour ses frères –, Diane et moi formons une entité sacrée. “Papa et Maman” par-ci, “Maman et Papa” par-là… On ne voulait pas les décevoir. Parce qu’ils étaient trop jeunes d’abord, parce qu’ils avaient besoin de leurs *deux* parents, si possible sous le même toit. Et après parce que c’était trop tard.

— Mais… il n’est *jamais* trop taaaard, ai-je protesté, aidée par le champagne.

— Tu as raison, ma petite Valentina. Cela dit, on a omis une dernière raison, qui vient encore compliquer le tout. L’argent. Un divorce nous coûterait beaucoup, beaucoup d’argent… Lorsque nous nous sommes mariés, nous n’avions rien. Depuis, nous sommes à la tête de trois entreprises florissantes, et nous possédons des biens immobiliers un peu partout en France, et même en Suisse. Nous avons des vignobles, des terres, et une belle fortune qui nous permet de jouir d’une vie dont on n’aurait jamais osé rêver. »

Diane a repris la main. (Dans les affaires, elle est autant partie prenante que son époux… et associé !)

« Sans un contrat de mariage en bonne et due forme, il faudrait payer une ribambelle d’avocats, d’huissiers et de notaires pour tout estimer, calculer, diviser. À quoi bon, puisque aujourd’hui nous avons trouvé le bon équilibre ?! On préfère garder cet argent pour en tirer un avantage ! Par exemple, pour être ici ensemble, devant une bonne bouteille de champagne, avec nos amoureux respectifs. Et puis à notre mort, tout reviendra à nos enfants. Autant en profiter avant, sans se prendre la tête avec de la paperasse ! Tu ne crois pas ? »

Euh… Ce que j'ai cru, et même ce que j'ai pensé, importait peu, à ce stade. Mais pas bête ! Cependant, ça n'a guère fait avancer mes propres interrogations.

« Et la cérémonie, alors ? Vous allez jouer la comédie ?

— Ça, c'est un peu plus embêtant…, poursuit Richard. Faire semblant pendant les repas dominicaux, deux ou trois fois par mois, passe encore. Mais se jurer amour et fidélité devant toute notre famille, nos amis, et nos chers et tendres… Ça, ça nous ennuie davantage.

— Nous ne voulons plus tricher, tu comprends ? dit Diane. Sans pour autant peiner ceux qui nous entourent. Nous ne pensions vraiment pas que Juliette organiserait un truc pareil. Pour tout t'avouer, nous, on l'avait carrément oublié, cet anniversaire.

— D'accord, mais on va faire comment, alors ?…

— Ben justement, on ne sait pas du tout… À vrai dire, on comptait même un peu sur toi… Tu n'as pas une idée ? »

Merci, Diane ! Je te revaudrai ça. Non mais les gars…

« Juliette nous a vanté ton ingéniosité… Tu crois que tu pourrais nous sortir de ce pétrin ? » a enchéri son mari avec des yeux de cocker.

Il m'a prise par les sentiments : j'étais morte !

Ils sont marrants, les gens… Entre les mariés qui me demandent de commander le soleil et ceux qui attendent de moi une solution miraculeuse à un problème qui traîne depuis vingt ans, je suis servie. Mes clients surestiment largement mes compétences.

Alors que j'ignore encore comment j'arrive à me lever le matin…

Pourvu qu'une idée de génie me vienne en Sicile – livrée sur un plateau de *cannoli*.

De : latuaziatina@gmail.com
À : auguribianca@gmail.com

Tu sais, *tesoro*, je suis la seule à *vraiment* savoir comment le couple de tes parents s'est formé. Laisse-moi tout t'expliquer.

J'ai rencontré Fede lors d'un mariage que j'organisais. Il était le témoin du marié et très investi dans l'organisation de la cérémonie. On s'est donc souvent retrouvés à faire des points autour d'un café.

Assez vite, ça m'a sauté aux yeux : il était l'homme *idéal* pour Azzurra !

Je ne saurais trop t'expliquer pourquoi – il m'arrive d'avoir des fulgurances bizarres. Simplement, j'étais persuadée que, si ces deux-là se croisaient, ils ne se quitteraient plus.

Dans mon esprit, le plan était limpide : ils se rencontraient, ils tombaient instantanément amoureux, ils ne se quittaient plus, ils m'en étaient éternellement reconnaissants.

Bon. Ça ne s'est pas du tout passé ainsi.

Un jour que je devais déjeuner avec ta maman, j'ai avancé mon rendez-vous avec Federico ; de sorte qu'il nous rejoigne au restaurant. Sans les prévenir ni l'un ni l'autre, bien entendu. (De toute façon, ils ne me demanderaient aucune explication, puisqu'ils auraient le coup de foudre sur-le-champ et seraient beaucoup trop occupés à se rouler des pelles à table.)

Pire déjeuner de toute mon existence !

Ta mère s'est pointée en retard et avec un œil au beurre noir. Le matin même, l'une de ses coiffeuses lui avait accidentellement donné un coup de grosse brosse ronde à brushing. Elle n'était pas complètement défigurée, mais je l'avais vue plus en beauté ! Et elle était d'une humeur de dogue allemand.

Fede, lui, à peine avait-il ôté son manteau, n'a pas cessé une seconde de nous parler de – tiens-toi bien ! – sa petite amie. *Elle est si brillante par-ci, l'amour de ma vie par-là*... Il m'en a filé la nausée, ce con.

Avais-je envisagé l'idée qu'il puisse déjà être en couple ? Pas du tout. Je te rappelle que, pour moi, il était l'âme sœur de ta mère !

Pendant une bonne demi-heure, ta mère n'a pas décroché *un* mot. Pendant que ton père, lui, monologuait. Quand elle a fini par lui adresser la parole, c'est pour lui demander s'il avait fini son sketch, et si on pouvait en placer une au moins pour commander. Ambiance !

Je commençais à y croire un peu moins. Mais tu sais que Zia Tina n'est pas du genre à s'avouer vaincue comme ça.

Au plat, *crescendo*, ils se sont engueulés : Azzurra soutenait que la cuisine des Pouilles était la meilleure, tandis que Federico supputait qu'elle n'avait *jamais* mangé sicilien – et de fait, tout s'expliquait.

Au dessert, alors que je m'étais éclipsée aux toilettes pour tenter une évasion par la fenêtre, ta mère a bavardé les dents tartinées de chocolat. Lorsque j'ai tenté de le lui faire remarquer, de manière très peu subtile, comme elle était borgne, elle a reproché à Fede de ne rien lui avoir dit. Et, pour sa défense, cet abruti a répondu : « Je trouvais que ça allait bien avec ton œil. »

Le serveur a choisi ce moment pour nous proposer un digestif. Là, j'ai réclamé un shot d'essence.

Après ce premier rendez-vous plus que raté, je n'ai pas osé avouer à Azzurra mon intention initiale. D'autant qu'elle n'a cessé de souligner à quel point elle avait détesté Federico. Elle m'a même plainte.

« Ma pauvre, tu as toujours affaire à des connards pareils ? »

Voilà voilà. Échec cuisant.

Mais, quelques mois plus tard, Azzurra et Federico se sont retrouvés à la caisse d'une supérette. Ton père était à présent célibataire, ta mère bien plus aimable et à son avantage. Découvrant l'exacte similitude de leur panier de courses – je te l'avais bien dit, qu'ils étaient faits l'un pour l'autre : je m'y connais un peu, en couple –, ils ont souri et ont décidé, sur un coup de tête et dans la foulée, de dîner ensemble. Quand on a les mêmes goûts en matière de vin et de gel douche… Et ils ne se sont – presque – plus jamais quittés.

Sauf que ces deux ingrats ont toujours refusé de croire à mon plan initial. Un comble !

Il est donc temps que la vérité soit rétablie. Moi, Valentina, ta marraine chérie, j'ai été leur cupidon ; et toi, ma puce, tu es le fruit de leur très grand amour.

24

Lundi matin, 10 heures, à l'aéroport de Falcone-Borsellino. Nommé ainsi en hommage aux deux juges anti-mafia assassinés par Cosa Nostra – oui, ça pose une ambiance…

Le thermomètre affiche 39 °C. Ressenti : 2 000 °C.

Federico, coincé dans le trafic sicilien, m'a prévenue qu'il aurait du retard. Alors je m'installe sur un banc (bouillant, pourtant à l'ombre), avec Totò et ma valise beaucoup trop grosse à portée de main, en repensant à la dernière fois que j'ai posé le pied dans cette ville.

C'était avec Azzurra ; elle était enceinte. Sa belle-mère, phobique de l'avion et enracinée à son île, tenait absolument à la voir le ventre arrondi portant sa descendance. Nous avions donc décidé de passer le week-end en Sicile avant qu'elle accouche. Je me souviens que le mois de novembre avait des airs de printemps. Le temps était absolument magnifique. En trois jours, nous avions fait le plein de vitamine D – et de calories. C'était parfait.

Les parents de Fede sont l'archétype du couple sicilien. Lui, costaud et taiseux, grand travailleur ; elle, petite, avec des cheveux gris tirés en un chignon strict et un regard noir, toujours vêtue d'un tablier, sauf pour aller à l'église. Mais derrière leur apparence un peu austère se cache une gentillesse sans bornes.

Ils adoraient la *Milanese*, ainsi qu'ils l'appelaient, leur belle-fille chérie. Pour ses obsèques, Calogero, le père de Federico, est monté à Milan avec sa fille, et Concetta a fait prononcer une messe ici, à Palermo, en hommage à Azzurra.

Je me réjouis de les revoir, parce qu'ils m'ont toujours accueillie comme un membre de la famille. Souvent, lorsque j'appelle Federico, il me passe l'un ou l'autre. Ils ne manquent jamais de prendre de mes nouvelles, s'inquiètent de savoir ce que je mange (et en quelle quantité), et, surtout, me demandent systématiquement : « *Quando ci vieni a trovare ?* » – Quand est-ce que tu viens nous voir ?

Eh bien, me voici enfin !

J'ai apporté beaucoup trop de cadeaux à ma filleule. Tout un tas de tenues mignonnes qui se sont présentées par hasard sur mon chemin. Certes, mon chemin me porte souvent vers le rayon enfant des magasins… Et puis des jeux éducatifs et des livres, pour qu'elle soit intelligente, en plus d'être stylée. Et puis… un coussin péteur. Pour qu'elle ait l'humour subtil et élégant de sa mère et de sa marraine.

J'entends klaxonner au loin ; Federico agite sa main par la portière. Je me lève d'un bond, saisis Totò et la poignée de ma valise géante, et cours le retrouver alors qu'il se gare en triple file – là où il peut, quoi. (Nul ne semble respecter les places de parking tracées au sol, ici.) Il descend, me claque une grosse bise sur la joue, donne une petite caresse à mon chien et me débarrasse. Je cherche ma filleule des yeux, mais le siège-auto est vide. Fede devance ma question.

« Elle faisait la sieste chez mes parents, je n'ai pas eu le cœur de la réveiller. Promis, on va la rejoindre tout de suite.

— Tu as eu raison. Avec cette chaleur, elle est mieux à la maison que dans les embouteillages… Comment tu vas, toi ? »

Je lui trouve plutôt bonne mine, d'autant qu'il s'est un peu remplumé. Le soleil et la cuisine de la *mamma* ont dû aider.

Mais, à ma question, il ne répond pas et hausse seulement les épaules, avant de me raconter en chemin sa nouvelle vie ici.

« J'ai renoué avec quelques-uns de mes vieux potes. Parfois, je laisse Bianca à ma sœur, pour aller manger une pizza et boire une bière avec eux. Ça fait du bien. Le week-end, j'emmène la petite à la plage. J'avoue que, pour elle, c'est encore plus sympa que le parc Sempione… La semaine, je bosse, de 9 heures à 19 heures. Le temps de récupérer Bianca chez ma mère, de dîner, de la coucher, je finis par m'écrouler dans le canapé et m'endormir comme une merde. C'est pas plus mal, remarque ; ça m'évite de trop réfléchir. Ma famille nous entoure beaucoup, peut-être un peu trop. Quand ils m'étouffent, je les envoie bouler ! Sauf que je m'en veux… Alors, je demande pardon. Et ils me pardonnent. La spirale classique du deuil, paraît-il.

La frontière est très mince, entre le chagrin et la colère. Trop mince, chez moi…

— Je comprends.

— Et toi ? me demande-t-il.

— Je me retrouve dans ce que tu décris. Le train-train quotidien, ponctué de moments très difficiles. Je passe pas mal de temps au cimetière. Ça me fait du bien, d'y aller. De lui parler. D'être *physiquement* près d'elle. C'est débile, je sais… Parce que je suis consciente qu'elle n'y est pas, sous cette pierre. Elle est ici, avec vous. Elle est constamment avec moi. Tu vas me prendre pour une folle, mais… Je vois des signes. Des signes de sa présence, j'entends. J'en vois tout le temps.

— Moi aussi.

— C'est vrai ?

— Partout. Et quand je n'en vois pas, je la supplie de m'en envoyer. Et tu sais quoi ?… »

Federico se tourne vers moi, les mains solidement arrimées au volant.

« Eh bien, elle s'exécute ! »

On se sourit. Me confier enfin à quelqu'un qui compatit et partage ma douleur me console un peu.

Mon téléphone sonne, alors que la voiture est à l'arrêt, prise dans les bouchons. Je regarde l'écran : numéro masqué. Je rejette de nouveau l'appel.

Federico surprend mon geste et tente :

« C'est… »

Je le coupe.

« Oui.

— Tu ne veux pas ?

— Non.

— OK. »

Trente minutes plus tard, nous arrivons devant le domicile de ses parents. Une maison modeste et accueillante, à l'image de ses habitants.

Sur le pas de la porte, une petite fille apparaît. Elle tient la main de sa grand-mère et se cache derrière sa jupe, puis laisse émerger sa frimousse, et fronce les sourcils en m'apercevant. Quand elle me reconnaît enfin – après quelques secondes qui m'ont semblé interminables –, elle lâche sa mamie et crie : « Zia Tina ! »

Je tombe à genoux et ouvre grand les bras pour qu'elle vienne s'y jeter.

25

Après un repas gargantuesque, bruyant et joyeux en compagnie de toute la famille – même la sœur, le beau-frère et le neveu de Federico sont présents –, mon ami me propose de rejoindre son appartement, pour que je puisse installer mes affaires et me rafraîchir.

Je m'apprête à accepter, lorsque sa mère lève un sourcil.

« Elle peut rester ici, je te l'ai dit. Il y a de la place.

— Maman, on en a déjà parlé, répond fermement Fede. Vale est là pour passer du temps avec Bianca. Elle dort à la maison, avec nous. Point final. »

Une tension électrise soudain la pièce, et le silence qui s'est fait est assourdissant. Calogero quitte la table, renfrogné. La sœur de Fede, Carmela, baisse la tête en débarrassant les assiettes, pendant que son mari emmène les enfants jouer avec Totò dans le salon.

« Il y a un problème ? je demande.

— Non, Vale, ne t'inquiète pas, m'assure Federico en fixant sa mère d'un regard noir.

— Ici, les gens parlent, mon fils, reprend calmement Concetta. Tu le sais. On n'est pas à Milan. Les choses sont ainsi faites. Vaudrait mieux qu'elle reste ici.

— Je m'en fous, des *gens* ! Je ne leur dois rien. Je ne dois rien à *personne* ! Je déteste cette mentalité de merde. C'est exactement pour cette raison que je me suis barré d'ici, je te rappelle ! »

Concetta secoue la tête. Mal à l'aise, je demeure figée et mutique.

« C'est pas contre toi, ma fille, finit par marmonner la mère de Fede, sans pour autant me regarder, comme si elle n'assumait pas ses propos. Mais, en Sicile, l'honneur, la réputation, tu sais, c'est important. »

J'acquiesce, sans comprendre où elle veut en venir.

« Mon fils est veuf depuis quelques mois seulement. Dieu lui a envoyé cette terrible épreuve… Il nous l'a envoyée à tous. Et si… Si on voit une autre femme s'installer si tôt chez lui… Que va-t-on penser ? C'est la honte assurée ! Pour nous tous ! »

L'idée qu'on puisse croire à une liaison entre Fede et moi me soulève le cœur, à tel point que je manque de rendre mon déjeuner. Jamais je n'aurais songé que ma seule présence pouvait générer un scandale.

Jusque-là maîtrisée, la colère de Federico explose, dans un mélange d'italien et de sicilien, qu'il emploie pour la première fois devant moi.

« Ma', je t'ai dit que je m'en foutais ! Tais-toi, maintenant ! Je ne veux plus jamais entendre ce genre de discours. *Capito ?* Si tu prêtes plus d'importance aux commérages qu'au bonheur de ta petite-fille et de ton fils, je ne peux rien pour toi. Valentina, récupère Bianca, s'il te plaît. On s'en va ! *Annamu !* »

Dans la voiture, je prends place à l'arrière, Totò dans les bras, à côté de Bianca harnachée dans son siège. Pendant le court trajet qui nous sépare de leur appartement, je n'ose prononcer un mot et me contente de regarder par la fenêtre, en tenant la main de la petite – silencieuse, elle aussi. Dans le rétroviseur, j'aperçois la mâchoire de Fede se crisper. J'aimerais trouver une formule pour le calmer, mais rien ne sort. Comme souvent, c'est dans les états de stress que me viennent des idées complètement incongrues ; je me demande si ce ne serait pas le moment de sortir le coussin péteur… OK, non. Pas le moment.

Au pied de l'immeuble, Federico lâche un « je suis désolé », sans oser croiser mon regard. Je passe la main sur son épaule et tente de le rassurer.

« Eh, c'est rien ! Ne t'en fais pas. Je suis heureuse d'être là.

— Moi aussi, tu n'imagines pas », finit-il par dire, les larmes aux yeux.

Dans l'appartement, je reconnais les meubles de Milan. On dirait des miniatures, dans ces pièces spacieuses. L'endroit est lumineux, malgré les stores baissés pour garder la fraîcheur. Cerise sur le gâteau : la cuisine est dotée d'un balcon, tout comme le salon. La décoration, en revanche, laisse à désirer… Sauf dans la chambre de Bianca, où peluches, jouets, coin lecture et tapis moelleux s'agencent en un cocon douillet.

Et, partout, des photos d'Azzurra. Enceinte, en Grèce pendant leur voyage de noces, avec sa fille dans les bras, à la clinique, au parc, lors du premier anniversaire de Bianca… Je tombe aussi sur un selfie de nous trois. Azzurra l'avait pris un soir où elle m'avait fait la surprise de me rejoindre au lac avec la petite.

Je découvre la chambre d'amis. Le clic-clac est déplié, le lit fait. Federico a même installé un portant pour mes affaires. Dans un coin, quelques cartons sont empilés.

« Je n'ai toujours pas trouvé le temps de les ouvrir, m'avoue-t-il, un peu honteux.

— Ne t'inquiète pas. J'ai emménagé depuis plus de trois ans, et j'en ai encore deux qui attendent d'être déballés. Ce n'est pas moi qui vais te juger ! »

Après avoir vidé mon énorme valise, je file prendre une douche fraîche revigorante comme il faut. Nous avons décidé d'aller à la plage pour assister au coucher du soleil. Federico a préparé tout l'attirail de Bianca, je lui ai changé sa couche et lui ai enfilé son maillot de bain – rose, avec des cerises.

Je songe au T-shirt que portait sa mère, le premier jour d'école. Et j'y vois un signe, comme si Azzurra me souriait, comme si elle approuvait ma venue pour prendre soin de sa petite fille chérie.

Bianca me ramène à la réalité en babillant. Elle imite de plus en plus ce qu'elle observe et entend, et prononce de plus en plus de mots. Surtout ceux qu'il ne faut pas. Alors que je m'en amuse, je fais accidentellement tomber son biberon d'eau posé sur la commode. Un « *Oh cazzo !* » m'échappe.

Hilare, Bianca répète très fort « *Oh casso !* », puis, devant ma mine amusée, répète encore et encore, comme une litanie, jusqu'à ce que son père se pointe, perplexe.

« Qu'est-ce qu'elle a dit, là ? »

Je mens, paniquée.

« Euh… Rien. Rien du tout ! Tu as entendu quelque chose, toi ? Pas moi…

— *Oh casso*, insiste ma filleule. *Oh caaaaaasso !* »

Elle me mime parfaitement. Sa paume contre son front, ainsi que je viens de le faire. C'est beaucoup trop drôle.

Je lui pose la main devant la bouche pour la faire taire, mais elle réussit malgré tout à l'articuler une dernière fois, avant qu'on explose tous les trois de rire.

Il est si bon d'être avec eux.

De : latuaziatina@gmail.com
À : auguribianca@gmail.com

Il est 22 heures, et je suis assise près de ton lit. Tu t'es endormie il y a plus de vingt minutes, mais je n'ai pas envie de te quitter. Alors, je t'écris.

Tu as bu ton biberon pendant que je te racontais une histoire. Puis, ton pouce dans la bouche alors que je caressais tes cheveux, tu as cédé à l'appel de Morphée. Où seras-tu, quand tu liras ces mails ? Où vivras-tu ? Quel sera ton quotidien ?

J'espère de tout mon cœur que tu seras heureuse, Bianca. Apaisée, comme à cet instant dans ta chambre d'enfant.

Nous avons passé une journée parfaite. Tu m'as accueillie comme si nous ne nous étions jamais quittées. Moi qui craignais tant d'être devenue une étrangère à tes yeux, tu m'as reconnue, et tu m'as pris la main pour me rassurer. C'est le monde à l'envers, ce sont les bébés qui réconfortent les grands !

Rien n'a changé. Je suis ta Zia Tina. Je suis de ta famille.

Lorsque le ventre de ta mère avait commencé à s'arrondir, j'essayais de communiquer avec toi en m'y collant et en parlant à son nombril comme dans un microphone.

« Hé, c'est moi, Vale ! »

Azzurra m'avait fait remarquer que tout le monde me surnommait ainsi – Vale –, et que, pour marquer le lien spécial qui nous unirait, toi et moi, il serait bon de me trouver un petit nom original.

« Bah, tu veux qu'elle m'appelle comment ? avais-je demandé. Gianluigi ?

— Et si on exploitait la seconde moitié de Valentina ?... *Zia Tina* ! C'est bien, non ?

— Mouais, pas mal. Mais j'ai l'impression d'avoir tout à coup soixante-douze ans, en mode vieille tante qui claque des bises baveuses avec le menton qui pique, tu vois ? »

Elle s'était mise à rire et avait décrété que c'était d'autant plus parfait. De ce jour, je suis devenue Zia Tina. Le plus beau rôle de ma vie.

Aujourd'hui, à la plage, j'ai retrouvé beaucoup de ta maman en toi.

En plus de ses yeux en amande, de la forme de sa bouche et de la couleur de ses cheveux, tu as hérité de cette façon si singulière de regarder ton père quand il parle. Tout à coup, plus personne n'existe.

Et puis, comme elle, tu es dotée d'une détermination de fer. Dix fois tu as fait tomber ton seau dans la mer ; onze fois, tu l'as rempli de nouveau, jusqu'à me l'apporter enfin pour que nous puissions mouiller le sable sec et chaud, et construire un joli château. Ta mère ne se décourageait jamais, elle non plus. À ses yeux, rien n'était impossible quand on le désirait vraiment.

Aujourd'hui, assise près de ton lit pendant que tu rêves à d'autres châteaux de sable, ou à ton héros de papa, je t'avoue que je lui en veux un peu, à ta maman.

Parce qu'elle avait fini par me convaincre que nous pouvions tout espérer. Pourtant, j'ai beau souhaiter très fort son retour à nos côtés, j'ai beau savoir qu'elle donnerait tout pour revenir, la réalité est implacable : c'est impossible.

26

« Oh, regarde, ma puce ! Zia Tina est réveillée… Bien dormi ? Viens, le petit déjeuner est prêt. »

Je pénètre dans la cuisine où Federico et Bianca m'accueillent avec un sourire contagieux – et un immense plateau de pâtisseries siciliennes qui me mettent l'eau à la bouche.

« Café ? » demande Fede.

J'acquiesce et hisse Bianca sur mes genoux pour l'embrasser.

« *Mamma mia*, ça a l'air délicieux ! Tu es allé acheter toutes ces douceurs ce matin ?

— Oui, au pied de l'immeuble, on a l'une des meilleures pâtisseries de la ville. Je me retiens d'y aller tous les jours : c'est un supplice de passer devant leur vitrine.

— Par quoi commencer ?…

— Ici, il y a de la *cassata* ; là, des *pizzicotti alle mandorle*, de la *pignolata al miele*, des brioches – nature ou non –, et, bien sûr, des *cannoli*. Goûte un peu à tout !

— Dix mille calories pour commencer une journée caniculaire : excellente idée, Federico Palermo. T'as raté ta carrière de diététicien.

— Si tu cherches l'antonyme de *diététicien* dans le dico, tu y trouveras une photo de ma mère. Je ne suis pas tombé loin de l'arbre. Bon, je dois faire un saut au bureau, ce matin. Tu veux bien garder Bianca ?

— Bien sûr que je veux !

— Merci. Je serai de retour pour le déjeuner. *Mamma* nous a invités, mais j'ai décliné. J'ai besoin d'une petite pause, là. J'ai eu ma dose de conneries. On ira plutôt au resto tous les trois. Euh, quatre ! Pardon Totò, je t'avais oublié, mon pote… Enfin, si ça te va.

— Ça me va, Fede. File, on va gérer !

— Cool ! *Ciao*, les filles ! Bianca, *amore*, sois gentille avec Zia Tina, je compte sur toi.

— *Oh casso !* »

(OK, puisqu'elle sait le dire parfaitement, il faut que je lui apprenne à l'utiliser à bon escient.)

J'emmène Bianca et Totò pour une *passeggiata* avant que les températures grimpent, et que l'air devienne irrespirable. Nous flânons ainsi dans les ruelles étroites et pavées surplombées de balcons où danse le linge. Dans la poussette, ma filleule baragouine une langue que je ne comprends pas ; de temps à autre, elle place un mot en sicilien. Je répète après elle pour travailler mon accent, ce qui l'amuse beaucoup.

Je n'ai pas été aussi heureuse depuis longtemps. Être loin de Milan, du bureau, de mes parents, me repose.

Le week-end prochain sera consacré au renouvellement des vœux de Diane et Richard, et je n'ai pas avancé d'un iota sur le sujet. Mais pour l'instant je profite. Espérons cependant que Fede ait une idée lumineuse à me souffler pour défaire ce sac de nœuds.

Je tombe sur un marché de quartier, il mercato Ballarò. Il s'étend de Piazza Casa Professa à Corso Tukory. Plus qu'un marché, on dirait un souk. Je glisse Totò dans son tote-bag pour éviter qu'on ne l'écrase et me faufile entre les étals animés. Les vendeurs hurlent que leurs produits sont les meilleurs, les plus frais, les moins chers ; les femmes négocient les prix ; les vieux messieurs charrient leurs caddies à roulettes remplis de provisions ; les odeurs de fruits, de poissons et d'épices s'entremêlent. Un primeur m'interpelle pour que je goûte à ses figues.

« Elles sont délicieuses. Comme toi, Signori, me flatte-t-il avant de m'en tendre une. Et une autre pour ta fille.

— Ce n'est pas… »

Je m'apprête à le corriger, puis renonce et accepte les fruits qu'il m'offre. Bianca mord à pleines dents dans la peau violette et luisante. J'en fais autant ; elles sont si savoureuses que je demande au marchand une dizaine de fruits. Puis nous poursuivons notre promenade.

Alors que je prends une énième photo de ma filleule avec mon téléphone, je reçois un appel et décroche sans le vouloir.

J'approche l'appareil de mon oreille, sans dire un mot. À l'autre bout du fil, une voix familière. J'aimerais raccrocher, mais je n'y parviens pas. L'angoisse me gagne et m'empêche de me mouvoir.

« Valentina, arrête de me fuir et écoute-moi. Maintenant qu'elle n'est plus là, laisse-moi revenir auprès de toi. J'ai changé, tu sais. »

Soudain, ma tête tourne, des sueurs froides me glacent, tout, autour de moi, se floute. Je sens mes jambes se dérober. Mon portable m'échappe des mains et s'écrase au sol. Je m'agrippe à la poussette, m'accroupis, et essaie de respirer calmement pour reprendre mes esprits. Totò me donne des coups de museau ; il sait que sa maîtresse perd pied. Bianca commence à pleurer. Ma panique redouble.

Suis-je seulement en capacité de bouger ? D'avancer, comme si de rien n'était ? De me ressaisir ?

Quelqu'un m'attrape alors le bras et me redresse. La vue brouillée, je reconnais à peine le primeur de tout à l'heure, qui tente de me soutenir.

« C'est rien, c'est la chaleur. Tu n'es pas d'ici, toi, hein ? »

Incapable de lui répondre, je m'accroche à la poussette et me concentre pour ne surtout pas la lâcher. Nous faisons quelques pas. Le vendeur me guide et m'installe à l'ombre de son camion, garé à l'arrière de son étal. Tant bien que mal, je berce Bianca, qui cesse de pleurer alors qu'on lui tend une autre figue, et à moi un verre d'eau sucrée.

« Bois », m'ordonne-t-il.

Je m'exécute, le remercie mille fois, et lui assure que je me sens mieux. Rien n'y fait : il m'enjoint de rester assise encore un peu. De toute façon, je n'ai guère le choix : j'ai toujours les jambes en coton.

En l'observant s'éloigner pour servir une cliente, je mesure ma chance d'être dans le Sud à ce moment précis. À Milan, personne n'aurait prêté attention à moi, malaise ou pas.

Soudain, je pense à mon téléphone tombé par terre. Je me lève d'un bond, commence à m'agiter et à le chercher en tous sens.

Depuis son stand, mon sauveur m'interpelle.

« Il est dans ma poche, t'inquiète ! Je l'ai récupéré. »

Ça non plus, ça n'existe pas, à Milan. Mon portable serait déjà désactivé et revendu au coin d'une rue.

L'eau sucrée me revigore. Bianca s'impatiente dans la poussette. Je défais le harnais et l'installe sur mes genoux pour l'embrasser.

« Tu te sens mieux ? s'enquiert le jeune homme.

— Oui, merci beaucoup. C'est très gentil, ce que tu as fait.

— C'est normal. Reste le temps que tu voudras.

— Comment tu t'appelles ?

— Saverio.

— Remets-moi un kilo de figues, Saverio. Ma filleule et moi, on les trouve vraiment délicieuses. »

27

Après que j'ai récupéré, Bianca et moi avons rejoint Fede – à qui j'ai tu ma petite mésaventure matinale – pour déjeuner dans un restaurant typique à l'accueil chaleureux. Puis nous avons lézardé tout l'après-midi à la plage de Mondello. La mer m'aide à déconnecter. Et le programme était simple : profiter de ma filleule, barboter avec elle dans l'eau turquoise, jouer à l'ombre du parasol, et manger des glaces.

Federico a beaucoup dormi. J'ai l'impression de l'avoir soulagé en prenant le relais avec Bianca – et donc d'être la meilleure marraine du monde.

Cette enfant agit sur moi d'une manière extraordinaire. Azzurra lui a transmis son pouvoir apaisant. J'aimerais arrêter le temps pour rester avec elle. Je me sens si bien, ici.

Ce soir, elle s'est écroulée de fatigue. L'air de la mer… Avec son père, nous savourons la fraîcheur sur le balcon, une bière glacée à la main, et Totò à nos pieds.

« Il y avait une promotion sur les figues ? me demande-t-il en lorgnant la corbeille pleine à déborder sur la table.

— Oui, une super occase ! Et elles sont vraiment délicieuses… Ça change de Milan.

— Tu l'as dit. Mon compte en banque me remercie chaque jour d'être rentré.

— Ça ne te manque pas trop ?

— Milan ?

— Oui. Tu sais : les gens pressés qui tirent la gueule, le brouillard poisseux, les apéros qui coûtent un rein ?… »

Il rit.

« Ce qui me manque à en crever, c'est ma vie d'avant. Avec ma femme et ma fille. Les trouver le soir en rentrant du boulot. Les entendre rire dans la salle de bains. Me réveiller auprès d'Azzurra. Savoir qu'on est deux, qu'on forme une équipe. Ça, tu ne peux pas imaginer à quel point ça me manque…

— Non, c'est vrai.

— Désolé, je ne voulais pas plomber l'ambiance. OK, parlons d'autre chose… Comment ça va, le boulot ? Des anecdotes croustillantes à me raconter ?

— Figure-toi que, samedi prochain, j'organise un renouvellement de vœux… Cinquante ans de mariage !

— Wow, ça devient assez rare, de nos jours. Chapeau !

— Oui, sur le papier, ça vend du rêve.

— Mais ?

— Mais ils ne s'aiment plus. Et depuis très longtemps ! Ce sont leurs enfants qui ont organisé cette surprise en leur honneur, sauf qu'*eux* voudraient que la mascarade cesse et en ont marre de leur mentir. D'autant que chacun file le parfait amour ailleurs…

— Tu déconnes ?

— Non !

— Ils veulent annuler, alors ?

— Non, on maintient. En revanche, ils comptent sur moi pour *trouver une solution*. Mais je suis *wedding planner*, moi, pas l'ONU !

— Je suis sûr qu'Azzurra aurait eu une idée…

— J'en suis certaine aussi.

— T'as remarqué à quel point on a tendance à idéaliser ceux qui sont partis ? Depuis que ma femme est morte, elle est devenue parfaite à mes yeux… Aux yeux de tous, en réalité. Pourtant, elle avait des défauts, n'est-ce pas ?!

— Ohhhh que oui !

— Comme tout le monde. Beaucoup m'agaçaient, y compris au quotidien. Sauf que j'ai l'impression d'être atteint d'amnésie. C'est comme si, dans mon esprit, Azzurra avait désormais les traits d'une sainte. Ce qui rend sans doute le deuil plus douloureux encore…

— Tu veux que je te rafraîchisse la mémoire ?

— OK, vas-y, acquiesce Federico en se redressant sur la chaise pour mieux m'écouter.

— Ta femme était une tête de mule. Elle ne s'excusait jamais, même quand elle avait tort à cent pour cent. Elle était tout le temps en retard. Et souvent de mauvaise foi. Elle n'aimait pas le vin rouge (qui n'aime pas le vin rouge, sérieusement ?). Enceinte, elle était assez insupportable. Tu te souviens lorsqu'elle nous obligeait à lui lacer ses chaussures, parce qu'elle n'arrivait plus à toucher ses pieds ?

— Mais ouais ! Je lui avais conseillé d'en acheter une paire plus pratique. Résultat ? Elle m'avait fait dormir sur le canapé et s'était payé une paire d'escarpins déments, pour ma peine.

— Ah ! Typiquement elle, ça. Et elle était très mauvaise perdante, aussi. Maintenant, je peux te l'avouer : elle trichait quand on jouait aux cartes.

— Quoi ? J'en étais sûr ! C'était inconcevable, qu'elle gagne à chaque fois.

— Voilà, maintenant tu sais pourquoi. Elle t'a eu pendant des années. Bon, quoi d'autre ?... Clairement : elle était mauvaise cuisinière, on peut le dire... Et piètre danseuse.

— J'adorais la voir danser, avoue Federico.

— J'adorais danser avec elle, j'avoue à mon tour.

— Elle me manque, Vale.

— Oui, elle me manque à moi aussi. »

Soudain, le tonnerre gronde. Dix secondes plus tard, une pluie d'été, chaude et dense, s'abat sur la ville.

Fede et moi rentrons nous mettre à l'abri tout en débarrassant la table du balcon en catastrophe.

« Tiens, j'avais oublié qu'elle était aussi hyper susceptible... », j'ajoute dans un rire.

28

C'est mon dernier jour en Sicile. Demain matin, je dois reprendre l'avion, sans savoir quand je reviendrai. En novembre, peut-être ? Une fois que la pleine saison des mariages sera terminée. J'ai la gorge serrée, mais je refuse que la tristesse l'emporte et gâche ces derniers instants.

Direction la Villa Giulia, l'un des endroits préférés de Federico à Palerme, un écrin de verdure au milieu de la ville, où Bianca a l'air de se plaire aussi. Elle a abandonné sa poussette et court en tous sens, émerveillée par chaque caillou, chaque fleur… Aujourd'hui, elle a très envie de tenir la laisse de Totò, comme une grande. (Le pauvre se retrouve dans l'obligation de marcher, ce qui ne l'enchante que moyennement.) Quand il s'assied pour marquer une pause – c'est-à-dire toutes les dix secondes –, Bianca met ses deux poings sur ses hanches et s'exclame : « Ohhh, Totòòò ! » Tout le monde fond devant cette scène, y compris le chien, qui se remet aussitôt à trottiner.

« Le père d'Azzurra arrive la semaine prochaine, pour passer quelques jours à la maison et profiter de Bianca, m'annonce Fede.

— Où en est son projet d'emménagement ici ?

— Il hésite toujours. Il finira par céder… À Milan, il est tout seul. Mon beau-frère, Gabriele, vit en Angleterre ; il fait quelques allers-retours dans l'année, mais guère plus. Enfin, je t'avoue que je ne suis pas non plus pressé qu'il s'installe à proximité ! J'ai déjà assez à gérer avec mes parents. Tu l'as constaté : ils ne sont pas du genre facile. De vraies têtes de mules siciliennes ! Alors, me coltiner en plus mon beau-père, merci bien… Je sais, c'est égoïste.

— Non, je te comprends.

— Pourtant, ce serait bien pour la petite. Je me dis que, plus elle est entourée, mieux c'est. Pour soigner le manque, il n'existe pas meilleur médicament que l'amour des siens. Elle n'a plus sa maman, alors j'aimerais lui offrir la lune ! Bref… Sinon, je n'ai pas réussi à éviter le repas chez mes parents ce midi, désolé. Ma mère t'interdit de partir avant de t'avoir de nouveau gavée ; j'espère que tu as faim, on doit y être dans une heure. »

Dès notre arrivée, un malaise me saisit. Les images du dernier déjeuner remontent. Le regard noir de Concetta, le silence pesant, la colère sourde de mon ami… Mais peu à peu, les sourires des uns et des autres repoussent ce mauvais souvenir, et je me décrispe. Et puis je tente l'autopersuasion : tout va bien se passer, Vale. Tout. Va. Bien. Se. Passer.

La table est dressée avec soin, ce qui amuse le beau-frère de Fede.

« T'es bien vue, toi, me taquine-t-il. Tu as le droit aux verres du dimanche en pleine semaine.

Habituellement, nous, on doit se contenter des vieux pots de Nutella recyclés. »

Il esquive une tape derrière la tête de la part de sa femme. Concetta, elle, le gratifie d'une injure en sicilien.

« Qu'avez-vous préparé de bon, Mesdames ? je demande. L'odeur est divine.

— Trois fois rien, me répond Concetta. Je n'avais pas trop le temps, ce matin, parce que j'étais de corvée de ménage à l'église. Alors j'ai à peine cuisiné : *caponata, arancini, pasta alla norma*, couscous *di pesce alla trapanese*, salade de fruits. Et des cannoli ! Mais achetés à la pâtisserie. J'aurais préféré les faire moi-même, mais, comme je te disais, le Bon Dieu avait besoin de moi...

— Voilà ce que ma mère appelle *trois fois rien*, murmure Fede.

— Toi, tais-toi ! Et va chercher les chaises à l'étage ! »

Bien que je propose mon aide, impossible de toucher à quoi que ce soit.

J'en profite donc pour occuper Bianca et son petit-cousin dans le jardin à l'arrière de la maison. Quelques poules picorent entre les oliviers et les citronniers. Les enfants s'empressent d'aller les caresser. Elles se laissent faire comme des chiens. Bianca m'entraîne aussi vers le poulailler et pousse un petit cri de joie lorsqu'elle aperçoit deux œufs, qu'elle ramasse avec un soin tout particulier pour les rapporter à sa grand-mère.

Peu après sa naissance, avec sa mère, nous étions persuadées qu'elle serait une vraie citadine. Au parc, elle n'aimait pas beaucoup marcher à quatre pattes dans l'herbe, par exemple. Il fallait voir ses grimaces !

Ni le contact avec les animaux – sauf Totò, son doudou… De l'observer aujourd'hui si petite et si à l'aise dans ce jardin m'arrache un sourire. La vie aime bien foutre en l'air nos certitudes, pour nous rappeler que c'est elle qui décide.

Concetta hurle à la porte que le repas est prêt. Mieux vaut ne pas traîner. Les enfants délaissent les poules pour revenir en trombe à l'intérieur. Je les suis dans un même mouvement.

Lorsque je retrouve Federico, il me dévisage d'un air inquiet.

« Il y a un problème ? je demande discrètement.

— À toi de me le dire…

— Aucun problème, non !

— Tu es sûre ? »

J'essaie de rester convaincante et je hoche la tête.

« Tu as fait un malaise, hier, au marché ? Pourquoi tu ne m'as rien dit ? »

Le reste de la famille feint d'être occupé, alors que quelqu'un, dans l'assemblée, m'a clairement balancée. C'est donc vrai : tout se sait, ici ! Tout le monde parle. Et les nouvelles vont vite. Beaucoup trop.

Mes mains se mettent à trembler ; je les serre l'une contre l'autre pour que la crise cesse.

« Je ne voulais pas t'inquiéter. C'était rien, juste une petite baisse de tension due à la chaleur… Pas de quoi s'alarmer, je t'assure.

— Ça, c'est parce que tu ne manges pas assez ! intervient Concetta.

— La réponse à tous les maux de la Terre, selon ma mère, et selon toutes les mères italiennes, c'est de manger plus, de toute façon, enchérit Carmela. Vale n'est pas habituée à cette chaleur, *basta* ! Laissez-la tranquille. »

Je me force à sourire pour garder une contenance. Heureusement, une fois à table, la profusion de plats attire toute mon attention – mon estomac prend les commandes. Et l'angoisse se dissipe instantanément, comme par magie. L'ambiance est bon enfant, bien plus détendue que la fois précédente. OK, il est temps de souffler…

Mes yeux s'attardent sur une photo exposée sur la vieille commode de la salle à manger : Federico et Azzurra, le jour de leur mariage, aux bras des parents siciliens. Mon amie semble m'adresser un sourire, que je lui rends.

Fede en profite alors pour me chuchoter :

« Azzurra te connaissait par cœur. Elle m'avait confié que, lorsque tu étais stressée, ou quand tu mentais, tes mains te trahissaient… Qui t'a mise dans cet état, au marché, Vale ? Ma femme n'est plus là, mais, moi, oui. Et je suis ton ami, tu sais ? »

De : latuaziatina@gmail.com
À : auguribianca@gmail.com

Dans l'avion qui m'éloigne de toi, je t'écris pour ne pas pleurer. Ce matin, au réveil, je t'ai expliqué que ta Zia Tina allait devoir partir, et je t'ai promis de revenir bientôt. Mais pas dans un dodo. J'aimerais que ce soit le cas, mais en réalité beaucoup de dodos vont nous séparer… Tu es trop petite pour les compter, et moi je suis trop triste. J'ai donc préféré me taire et te proposer plutôt d'aller faire des bulles sur le balcon. Tu as hoché la tête en feignant de ne pas percevoir mon désarroi, et pris le tube à bulles sur la table de la cuisine.

Tu n'es peut-être plus si petite que cela…

T'écrire me divertit de ma mélancolie. Car rester assise sans bouger dans un avion est un véritable supplice pour moi. J'ai toujours reculé devant le voyage à New York dont rêvait ta mère (tout ça pour aller voir l'appartement de *Friends* !) : neuf heures enfermée, coincée sur un siège ? Une torture, quoi ! Au-dessus de mes forces.

J'aurais dû ; aujourd'hui, je regrette.

On croit qu'on a la vie devant soi. On remet tout à plus tard, et on se laisse dominer par la peur, au risque de passer à côté de moments précieux… N'oublie jamais de saisir l'instant, ma biche. Je sais : ça ressemble beaucoup à un conseil de gourou chelou, mais écoute ta vieille marraine ! Car, parfois, il n'existe pas de deuxième chance.

Quand tu découvriras cette boîte mail et que tu liras toutes mes lettres, tu entreras dans la vie adulte. J'espère que tu seras plus courageuse que moi, et que tu ne reculeras pas devant une expérience juste par crainte. Et j'espère bien être à tes côtés pour te voir croquer la vie à pleines dents.

Ma voisine mâchonne bruyamment un sandwich au thon et à l'anchois qui empuantit tout l'avion. L'hôtesse nous a proposé une collation, mais elle l'a refusée poliment, avant d'ajouter, en s'adressant à moi d'un air outré : « *Une collation ?* J'ai faim, moi ! Qu'est-ce qu'elle veut que je fasse de son biscuit ? Elle croit que je vais tenir tout le voyage juste avec *ça* ? »

Le voyage dure une heure quarante : le bout du monde, quoi.

Perso, à 10 heures du matin, j'ai choisi l'option biscuit. Mais, grâce à ce délicieux fumet iodé, je compte bientôt étrenner le petit sac à vomi à disposition. Ce vol s'annonce exceptionnel.

Pardon, j'écris n'importe quoi… La faute à ma voisine qui n'arrête pas de me parler. Pourtant, un siège vide nous sépare ; il aurait pu m'assurer un brin de tranquillité… Que nenni. Et j'ai beau feindre d'être très occupée, Madame ne lâche rien : elle tient à tout prix à me raconter sa vie par le menu. Alors allons-y…

Elle s'appelle Antonella et a soixante-trois ans. Petite, brune, cheveux courts, sourcils qui se tiennent la main au milieu du front, ce qui lui donne l'air d'un personnage de dessin animé. Elle a pris quelques jours de vacances chez sa mère en Sicile.

« Enfin, vacances… à ce qu'on croit ! J'ai dû faire les courses, la bouffe et le ménage – ça me change pas trop de mon quotidien. C'est pas le Club Med, si tu vois ce que je veux dire. »

Je vois, je vois…

Elle rentre donc à Milan, parce que ses trois enfants et ses deux petits-enfants – qu'elle garde tous les jours de la semaine – y vivent. Ils ont besoin d'elle.

« Tout le monde a besoin de moi ! Mais je ne peux pas être partout ! Et *qui* est là pour moi, quand j'ai besoin, hein ?… Personne ! »

Sa mère – quatre-vingts ans, bon pied bon œil – refuse de la suivre à Milan.

« Ce serait tellement plus simple, pourtant. Elle ne peut plus vivre seule… Et c'est pas mon frère qui va s'occuper d'elle ! Cet abruti ne sait rien faire. De toute façon, *les hommes* ne savent rien faire ! J'en ai ras le bol, moi, je te le dis, ma petite. Une vraie tête de mule, ma mère. Elle n'écoute rien. Alors me voilà dans un avion tous les quatre matins, à enchaîner les allers-retours. Mais c'est plus de mon âge ! Je n'ai plus la force, moi… Enfin, tu vois ce que je veux dire ? »

Je vois bien, oui. Et je comprends qu'il faille *beaucoup* manger, avec toute l'énergie qu'elle doit dépenser.

Je pensais en avoir fini avec Antonella, mais non : c'est au tour de ses problèmes veineux, maintenant. Ah, elle souffre d'hémorroïdes aussi. De mieux en mieux.

« Entre nous, rester assise, c'est un supplice. »

Enfin un point commun !

Bianca, je donnerais tout pour sortir d'ici.

Auparavant, ce genre de situations m'amusait, parce que je m'empressais de les rapporter à ta mère. Nos conversations étaient faites d'anecdotes du quotidien. Et son salon était une source quasi inépuisable d'histoires rocambolesques. Des sacrément croustillantes. On avait fini par établir un classement et leur donner des notes, sur une échelle de un à dix. Azzurra gagnait toujours haut la main. Souvent, en guise de *teasing*, elle m'envoyait un vocal pour faire monter le suspens.

« Vale, j'ai un neuf sur dix à te raconter, tu vas être sur le cul ! »

La dernière histoire qu'elle m'ait confiée était celle d'une de ses clientes venue se faire coiffer pour aller rejoindre son amoureux en Allemagne. Jusque-là, rien d'extraordinaire. Ta mère s'était naturellement réjouie pour elle. Puis, en creusant un peu, elle avait appris que Mme Ravere, âgée de soixante-huit ans, n'avait pour l'heure jamais rencontré son dulciné. Que celui-ci avait trente-cinq ans, qu'il lui avait déclaré sa flamme sur Facebook – un réseau social déjà *has been* aujourd'hui, alors je n'imagine pas dans dix-sept ans ! La cliente avait ajouté qu'ils s'écrivaient, s'envoyaient des photos depuis des mois, mais pas que… Figure-toi que Madame lui transférait aussi de l'argent, à l'amoureux, et ce très régulièrement, pour qu'il puisse venir lui rendre visite en Italie. Manque de chance, il y avait toujours un contretemps. C'est la raison pour laquelle, n'y tenant plus, complètement *in love*, elle avait décidé de faire elle-même le déplacement… pour lui réserver une surprise.

Comme il était médecin – mais donnait tout son fric à des œuvres caritatives ; ouais, plus c'est gros, plus ça passe –, elle avait facilement trouvé l'adresse de son cabinet. Elle comptait tout simplement monter dans un avion et débarquer chez lui à l'improviste. Elle en était tout excitée.

Ta mère avait flairé l'arnaque et prévenu la fille de Mme Ravere, elle aussi cliente du salon.

Quelque temps plus tard, cette dernière avait tenu à remercier Azzurra. Car sa mère était en train de vider son compte en banque et, derrière l'homme qu'elle disait aimer, se cachait un faux profil.

Mme Ravere était revenue un mois plus tard, un peu honteuse, mais surtout très triste. Elle n'en voulait même pas à celui qui l'avait arnaquée : pendant quelques semaines, au moins, elle avait de nouveau vibré.

« Tu es sûre que tu ne veux pas un morceau de sandwich, ma jolie ?

— Non, *grazie, Signora*. »

29

La cérémonie de renouvellement des vœux doit se tenir dans deux jours. Juliette, la fille des mariés, est hyper stressée – et beaucoup trop enthousiaste. La pauvre ne sait pas ce qui l'attend… Elle est si excitée que j'ai peur que son cerveau court-circuite.

Elle et son frère sont sur le point d'arriver à Milan avec leurs familles respectives.

Pendant ce temps, Diane et Richard m'envoient dix fois par jour des photos d'eux avec leurs amants, en train de boire du champagne sur le lac de Côme.

Tout est sous contrôle…

Après son service de midi, Laura passe au bureau. Avec Ludovica, nous souhaitons lui parler de la situation ; peut-être aura-t-elle une idée pour nous sortir de l'impasse.

« Ah ! réagit-elle simplement. C'est original… Mais on a vu plus compliqué.

— D'autant que les parents ne veulent pas causer de peine aux enfants, ajoute mon assistante.

— Oui, enfin, les enfants sont adultes et vaccinés. Ils sont eux-mêmes parents, hein. On n'a pas affaire à de jeunes êtres sans défense, je précise.

— Et quand bien même, enchérit Laura. Des tas de gamins sont confrontés au divorce de leurs parents ! Je ne dis pas, pour autant, que ce n'est pas sans conséquence et sans souffrance. Ils vont s'en remettre. Et puis, nos parents nous déçoivent toujours tôt ou tard… »

Sur ces mots, je perçois que sa voix tremble un peu et qu'elle poursuit mine de rien.

« Pourquoi tu ne leur suggères pas de remplacer leurs vœux de renouvellement par un beau discours de séparation ?

— Euh… Devant tout le monde ?

— Oui, comme ça ils seront tous sur la même longueur d'onde ! Ce sera comme retirer un pansement d'un coup sec.

— C'est pas bête ! s'exclame Ludovica. Tu crois qu'ils en seraient capables ?

— Je ne sais pas… Mais je peux leur proposer. Ils ne veulent pas divorcer, en plus ; juste faire comprendre qu'ils ne forment plus un couple. Et ils ont envie de profiter de la fête ! Ce pourrait être un bon compromis. »

Ni une ni deux, je les appelle sur-le-champ. Diane me suggère un rendez-vous à Côme, que j'accepte, avant d'inviter Laura à m'accompagner.

« On sera de retour pas trop tard ? Le resto est fermé ce soir, mais j'ai prévu de rejoindre des amis pour un anniversaire.

— Je dois être à Milan à 20 heures pour un dîner. On ne traînera pas, tu seras rentrée à temps.

— Alors c'est parti ! Viens, Totò, on va zoner au lac ! »

Et elle s'empare de ma saucisse de chien avant même que j'aie eu le temps d'éteindre mon ordinateur et de mettre mon sac sur mon épaule.

Sur la route, je profite de l'intimité que nous offre la voiture pour essayer d'en savoir un peu plus sur ma jeune collaboratrice. Je n'ose jamais trop la questionner ; je crains d'être maladroite, de sembler intrusive, de la peiner, ou qu'elle m'envoie bouler. Pour autant, je n'ai pas non plus envie de paraître indifférente.

Après moult tergiversations, je finis par mettre les pieds dans le plat.

« Dis-moi, Laura, tu parlais tout à l'heure des parents qui déçoivent un jour ou l'autre leurs enfants… Tu as de bons rapports avec les tiens ? »

Elle éclate d'un rire amer.

« Mes parents n'ont jamais accepté ma transidentité ! Ils m'interdisaient de me maquiller, de porter des jupes, tout simplement d'être qui je suis. Au mieux, ils me hurlaient dessus. Au pire, ils me frappaient.

— Mon Dieu… Je suis désolée.

— C'est comme ça… Mais j'ai eu la chance de tomber sur une femme formidable, quand j'étais ado. La mère de mes meilleurs amis, Éléonore. Elle a été une mère pour moi aussi. Tu l'adorerais ! Je savais que je pouvais me réfugier chez elle quand je n'en pouvais plus des coups et des injures. Sa porte m'était toujours ouverte. Elle m'a sauvée. Je ne sais vraiment pas ce que je serais devenue sans elle. Aujourd'hui, je veux réaliser mes rêves – pour moi, et un peu pour elle. Pour ne pas trahir la confiance qu'elle a mise en moi.

— Éléonore a su voir la belle personne que tu es.

— Merci, dit-elle en baissant la tête. Mes parents, je m'en fous. Ils sont morts, à mes yeux. Mais mon petit frère et ma petite sœur, eux, me manquent. J'espère qu'ils auront envie de me revoir un jour. J'espère qu'ils m'accepteront. Qu'ils n'auront pas honte de moi.

— On ne peut qu'être fier de toi, ma biche. Je suis certaine qu'ils chercheront à tout prix à retrouver leur sœur, le moment venu. »

Elle hausse les épaules.

« Et toi, tes parents ?

— Oh... Eh bien j'adore mon père. Même s'il a plein de défauts. Et j'essaie autant que possible de comprendre ma mère, même si c'est loin d'être évident. Je ne suis pas facile à comprendre non plus... Alors, comment lui jeter la pierre ?

— Tu es fille unique, c'est ça ? »

Je n'avais pas anticipé ce déballage de confidences... Je voulais en savoir plus sur Laura ; certainement pas en dire plus à mon sujet. Et encore moins révéler des secrets que je préfère oublier.

Formuler une réponse claire me demande un temps de réflexion beaucoup trop long. Le regard de Laura se pose sur moi, ses sourcils se froncent. Elle cherche à savoir si j'ai entendu la question ou si elle a besoin de la répéter. Mes mains se crispent sur le volant, ma jambe gauche commence à bouger frénétiquement.

« Vale, ça va ?

— Ça va, oui. Faut juste que j'ouvre un peu la fenêtre. Il fait chaud, non ?

— La clim est déjà à fond... Tu es sûre que tu te sens bien ?

— ...

— Valentina ? »

J'inspire un grand coup, avant de répondre, comme pour me libérer d'un poids.

« Non… Je ne suis pas fille unique. J'ai une sœur. Une grande sœur. »

30

« Donc, vous suggérez qu'on joue le jeu jusqu'au moment du discours, c'est ça ? Et qu'on annonce notre séparation seulement à ce moment-là ? demande Richard, un peu perplexe, mais qui se ravise très vite. C'est drôle, ça !

— Oui. Le principe, c'est d'expliquer la situation en douceur. Autrement dit, comme vous me l'avez raconté : vous vous êtes aimés, mais ce n'est plus le cas, et, pour autant, vous êtes heureux et vous souhaiteriez qu'ils le soient pour vous.

— L'idée est jolie, dit Christine. Faire une telle déclaration lors de la cérémonie montrerait justement que l'entente est toujours bonne entre vous. Tout le monde devrait être rassuré.

— Je suis d'accord, ajoute Diane. Ce sera un choc pour les enfants, c'est certain, mais on ne peut plus continuer à tricher. Il faut nous aider à trouver les mots justes, Valentina.

— Je peux, bien entendu, vous donner mon avis une fois que vous aurez écrit vos discours. En revanche, pour le choix des mots, vous êtes les seuls à savoir ceux qui traduiront le mieux votre histoire et auront un écho particulier dans le cœur de vos enfants et de vos proches.

— OK, on va faire nos devoirs », ironise Richard en posant la main sur l'épaule de son épouse, comme pour l'encourager.

Totò se met à aboyer, alors Laura conclut.

« Eh bien voilà, il n'y a plus qu'à ! Même la petite saucisse semble partante !

— Parfait ! Une coupette de champagne, pour fêter ça ? »

Après avoir trinqué avec nos futurs séparés, nous les laissons poursuivre et nous cheminons au bord du lac. La journée est très chaude ; les touristes cherchent de l'ombre sous les parasols des cafés et des restaurants, ou sous les arbres. Il est presque 16 heures. Nous nous dirigeons vers Pescallo, un quartier bien plus tranquille, pour profiter du calme et des ruelles fraîches. Ici, depuis le banc où nous nous installons, nous jouissons d'une des meilleures vues qu'offre Bellagio.

J'ai beau essayer de rationaliser, j'appréhende la cérémonie. Je songe à Juliette, si heureuse et émue d'avoir organisé cette surprise pour ses parents chéris. Tout à coup, je ne suis plus très sûre de moi. Ai-je vraiment envie d'assister à un mélodrame ? De sentir le trouble, la peine et la déception parmi les invités ? Et si les enfants étaient furieux d'apprendre cette nouvelle en public ?

Je m'en veux, finalement, de leur avoir suggéré une telle idée. Mes mains, qui s'agitent en tous sens, me trahissent encore. Laura comprend que je panique et tente de me rassurer.

« Tu te retrouves malgré toi au milieu de cet *imbroglio*. Tu agis au mieux, Vale.

— J'ai l'impression d'être totalement à côté de la plaque depuis qu'Azzurra n'est plus là. Avant, quand je doutais, j'allais la voir, ou je lui téléphonais. Elle avait l'assurance qu'il me manquait. Elle croyait en moi, elle. J'ai perdu tous mes repères. J'en arrive à me demander si ce métier est toujours fait pour moi…

— Hé ! Nous aussi on croit en toi ! Je te rappelle qu'on bosse avec toi : on est une équipe, on est sur le même bateau. Tu coules, on coule. Et si on te laisse à la barre, c'est parce qu'on sait que tu es capable de naviguer. Tu adores ce boulot, mais tu viens de perdre ta meilleure amie ; il y a de quoi se sentir chamboulée… En revanche, ne doute jamais de toi ! Valentina, tu es *faite* pour ce métier. Combien de mariés as-tu rendus heureux ? Combien de *fucking* fêtes géniales as-tu organisées ? Je t'ai vue te démener pour que tout soit parfait ; je t'ai vue t'occuper de chaque détail, satisfaire chaque désir… Y compris les plus zinzins ! Je t'ai vue te ruer dans ta voiture pour aller acheter une culotte à une mariée qui avait oublié la sienne ; je t'ai vue jouer le rôle de serveuse, faire des nœuds de cravate à la perfection. Et même sauter dans une robe trop grande pour toi pour remplacer au pied levé une demoiselle d'honneur parce que, dans un souci d'exacte symétrie, la mariée en exigeait trois de chaque côté sur les photos… Je t'ai entendue susurrer les mots justes avant le grand OUI ; je t'ai vue gérer avec brio des situations de crise… Hé ! T'es un putain de couteau suisse, meuf ! T'es née pour ce boulot. »

Elle a raison. On m'a demandé de trouver une solution, j'en ai proposé une qui me semble à l'image des

« mariés ». Et ils ont accepté, en leur âme et conscience. De toute façon, les dés sont jetés !

« Faudra que tu m'expliques comment tu parviens à voir tout ça depuis ta cuisine ! Merci, Laura. »

Nous profitons encore un peu du paysage, en silence, avant de reprendre la route pour Milan. J'ai un dîner avec un couple qui se marie dans quelques mois. Laura, elle, doit retrouver ses amis. Je la regarde retirer ses baskets et plonger ses pieds dans l'eau tandis que Totò la rejoint en remuant la queue. En rentrant, elle me confie combien la mer et les plages du Sud lui manquent.

« Avec Élise, ma meilleure amie, on passait quasiment toutes nos journées à la plage ! De juin à fin septembre. J'avais l'impression d'avoir une vie presque normale, d'être une jeune fille comme les autres. Car les gens se mettent la pression, font des régimes après le Nouvel An, du sport et tout le tintouin… Juste pour le *summer body*. Mais la vérité, si tu veux mon avis, c'est qu'une fois sur le sable, tout le monde s'en fout, du corps des autres ! Parce que aucun corps ne ressemble à un autre. Parce qu'on est tous trop occupés à lézarder ou à râler sur nos voisins de serviette. C'est ça, que j'adorais. À la plage, personne ne peut tricher. En vrai, on ne peut s'en prendre qu'à soi. On est bien les seuls à complexer et à se regarder le nombril ! »

De : latuaziatina@gmail.com
À : auguribianca@gmail.com

Ce que ta mère aimait : David Beckham et les olives *ascolane*, à égalité. Bricoler (pourtant, elle était si nulle qu'elle aggravait en général le problème qu'elle voulait résoudre). Jouer au squash. L'épisode du canapé dans *Friends* – son favori. Les pivoines, roses de préférence. L'odeur de mon assouplissant – chaque fois qu'elle fourrait son nez dans mes serviettes de bain, elle répétait : « J'ai beau acheter le même, ça ne sent pas pareil chez moi. Tu peux m'expliquer ? » On n'a jamais résolu le mystère. Demander à ton père si elle était la personne qu'il préférait au monde et l'entendre répondre oui. S'indigner lorsqu'il feignait de réfléchir. Tripoter l'oreille droite de Totò quand il s'installait sur ses genoux. « *Per te* », de Jovanotti. Repérer la Grande Ourse, m'interroger pour savoir si je la voyais aussi, faire semblant de croire à mon « Ahhh oui ! ». Me lire mon horoscope et conclure : « Ah bah, c'est tout toi, ça ! » Balayer les cheveux sur le sol de son salon de coiffure – c'était, selon elle, satisfaisant – pour en faire un petit tas parfait. Annoncer « C'est moi ! », quand elle m'appelait, comme à l'époque où les numéros ne s'affichaient pas sur les écrans de téléphone. Sa robe bleue cache-cœur que j'ai conservée précieusement pour toi…

Ce que ta mère n'aimait pas : sa voisine du dessus, encore une autre. Sa cliente radine et raciste, Mme Basso. Son nombril quand elle était enceinte de toi (c'est vrai qu'il ressortait d'une manière bizarre : on aurait dit un micro-pénis). Faire sa compta. Dîner trop tard (après 21 heures). Déjeuner trop tôt (avant 13 h 30). Les chaussettes à motifs que collectionne ton père. (Mention spéciale pour la paire agrémentée de petites pintes de bière : elle a voulu les brûler. Je précise : elle a voulu les brûler PENDANT QUE TON PÈRE LES PORTAIT.) Les pigeons, qu'elle trouvait angoissants – un truc dans leur regard, apparemment. Ceux qui osent des blagues nazes, du type « Y a pas de prix ? C'est gratuit, alors ! Ah ah ! » auprès des caissières – elle militait pour le retrait du droit de vote à ces personnes. La pulpe dans le jus d'orange. Me voir mal coiffée.

31

Il est 10 heures quand je pousse la porte du salon de coiffure d'Azzurra. Cela fait six mois que je n'y ai plus mis les pieds et que je ne respecte plus mon rendez-vous hebdomadaire. Les coiffeuses se tournent comme un seul homme vers moi et suspendent leurs gestes. Je leur souris timidement et ne suis capable que de faire un petit bonjour de la main. Isabella, la responsable, se précipite alors à ma rencontre.

« Bienvenue, Vale !!! On t'attendait avec impatience, tu sais. Assieds-toi à ta place. »

C'est comme si elle avait lancé le top départ et que l'image n'était plus sur pause : les filles défilent pour m'embrasser, chacune avec un mot gentil. Isabella finit par les chasser telle une nuée de mouches, ordonne qu'on me laisse tranquille et me dirige vers un fauteuil.

« Tu veux un café ? »

À presque cinquante ans, Isabella est mère de triplés, aujourd'hui adolescents. Elle est donc dotée d'un sens militaire de l'organisation et d'une autorité naturelle, qui n'ont rien à envier aux grands dictateurs de ce monde.

Azzurra l'avait embauchée précisément pour ces qualités. Parce qu'il lui fallait quelqu'un avec de la poigne, histoire de ne pas se faire marcher dessus par les clientes pénibles, les fournisseurs, et parfois des employés qui avaient tendance à prendre la gentillesse de la patronne pour de la faiblesse. Avec Isabella, au moins, ça ne rigolait pas, et tout le monde filait droit. Une main de fer, douée d'un coup de brosse de velours.

Avec moi, elle a toujours été d'une grande douceur. Aujourd'hui, elle est encore plus attentionnée ; pour autant, elle ne mâche pas ses mots.

« Bon, il était temps que tu reviennes ! Qu'est-ce que c'est que cette paillasse ? Azzurra te passerait un sacré savon si elle voyait l'état de tes cheveux !

— Je sais, je suis justement là pour ça…

— OK, on va commencer par refaire ta couleur, couvrir deux, trois cheveux blancs, et redonner de l'éclat à l'ensemble. Et puis on coupera un peu les pointes qui sont trop abîmées. Ça te va ? »

Je hoche la tête, penaude. Elle me caresse discrètement l'épaule avant d'aller préparer sa potion magique.

Pendant son absence, je sens les coups d'œil furtifs des filles, un peu de gêne, un peu de curiosité. Je suis la « veuve amicale »… La peine aurait-elle marqué mon visage ? Mes rides se seraient-elles creusées ? Mes cernes auraient-ils noirci ? Je ne leur en veux pas de chercher autant d'indices, car je sais qu'il n'y a aucune malveillance de leur part ; c'est aussi une façon de se rassurer. Quand on assiste à la souffrance des autres, on relativise la sienne. Moi-même, j'ai comparé mon chagrin à celui de Federico, ou à celui du père d'Azzurra. Perdre sa femme ou sa fille, n'est-ce pas plus atroce que perdre sa meilleure amie ?

Avec Azzurra, on s'avouait ce genre de pensées honteuses que l'on garde normalement pour soi. Et quand nous avions un petit verre dans le nez, nous nous lancions dans des *battles* d'indécences. Avec tout ce qui m'a traversé l'esprit depuis sa mort, j'aurais pu gagner haut la main ! Dommage…

« Oh, un papillon ! »

Gina, une coiffeuse postée au fond du salon, le pointe du doigt.

« Comment t'es arrivé là, toi ? » demande-t-elle.

Je souris. Moi, je sais.

Au bac à shampoing, j'ai le droit à un long massage, bien plus long que d'habitude. Être la meilleure amie de la patronne décédée donne de sacrés passe-droits ! J'en profite pour me détendre enfin, une demi-heure après mon entrée dans le salon.

C'est moins éprouvant que je le craignais, d'être là de nouveau. Le plus difficile a été de pousser la porte. À l'intérieur, la routine a repris son cours. Je m'en veux tout de même d'avoir une telle pensée. Si Azzù était en vie, j'aurais vraiment remporté la *battle* des horreurs.

Alors qu'Isabella s'apprête à s'attaquer à mes pointes, je lui demande de raccourcir davantage.

« Très bien. Tu as envie de changement ? C'est toujours bon pour le moral, ça ! On fait un carré long ? Je coupe combien ? Dix centimètres ?

— Non… Tu vois Demi Moore ?

— Euh… Oui.

— Et tu vois Demi Moore dans *Ghost* ?
— … Tu déconnes ?!
— Pas du tout, Isa. Coupe ! »

32

C'est le jour J pour Diane et Richard. Avant de prendre la route du lac, je passe montrer ma coupe à Azzurra.

« L'avantage, c'est que maintenant je sais toujours où te trouver. Alors ? Ça te plaît ? Ça change, hein ? C'est l'œuvre d'Isabella, tu sais. Si t'aimes pas, tu n'auras qu'à aller la hanter cette nuit… »

Debout au pied de sa tombe, les bras tendus, je tourne sur moi-même pour lui offrir un aperçu complet de la nouvelle Valentina. Un homme d'un certain âge passe au même moment et me regarde d'un drôle d'air.

« C'est ma meilleure amie, lui dis-je en désignant la photo d'Azzurra. Elle est là-dedans. Je lui fais admirer ma coupe de cheveux. Elle était coiffeuse. »

Il hausse les épaules et, sans me répondre, presse le pas. Tu sais quoi, vieux mec ? Je me fiche complètement de ce que tu penses de moi !

Je raconte à Azzurra combien ce changement me galvanise. C'est fou comme prendre un peu soin de soi peut tout changer ! Je n'ai pas encore présenté ma nouvelle tête à Ludovica, ni à l'équipe, ni à mes parents. En revanche, j'ai appelé Federico en visio ;

je voulais absolument assister à la réaction de Bianca – que j'appréhendais un peu tout de même.

« Fede a validé. Il m'a dit que je paraissais dix ans de moins. Bianca, elle, m'a scrutée longuement en fronçant les sourcils… Elle reconnaissait ma voix et mon visage, mais voyait bien que quelque chose clochait. Alors son père lui a expliqué que Zia Tina était allée au salon de Maman pour changer de coiffure. Et tu sais ce qu'a rétorqué ta fille ? "*Oh casso !*" En tapant la paume de sa main contre son front. On a pouffé de rire. Bref, je voulais que tu sois l'une des premières à me féliciter pour mon nouveau look. Je ne me souviens même pas de la dernière fois que j'ai eu les cheveux aussi courts ! Ça me fait un peu bizarre, mais je vais m'habituer. (Je m'habitue bien au fait de venir te rendre visite ici…) Ah, tiens, d'ailleurs, j'ai un bon huit sur dix à te raconter ! Après je file, je risque d'être en retard. Avant d'aller au cimetière, je suis passée chez le fleuriste – tu sais, via Plinio, là où tu allais toujours parce que le mec a la voix d'Eros Ramazzotti et les pecs de Raoul Bova. Bon, on papotait pendant qu'il préparait tes fleurs séchées (oui, bah, par cette chaleur, les fleurs fraîches ne le restent pas très longtemps, je te signale), puis il s'est absenté deux minutes dans la réserve pour chercher de la ficelle. Son téléphone était posé sur le comptoir, et il a reçu un message. Bien sûr que j'ai regardé ! Une certaine Olivia… Qui disait : "J'ai encore du mal à m'asseoir." Avec un smiley tout rouge et une goutte de sueur. Soit c'est une vieille tante qui a des hémorroïdes, soit… le fleuriste a trempé son gros bouquet ! »

Je lève un sourcil et tourne les talons sur cette *punchline*.

Quelques mètres plus loin, je marque un temps d'arrêt et me retourne vers la dernière demeure de mon amie.

« Je sais que tu ris, Azzurra De Andrea ! Je t'entends ! »

33

Trois heures déjà que nous nous affairons sous le soleil brûlant. Je suis en nage et à deux doigts de l'insolation.

Les tables sont dressées dans le parc. L'ensemble forme un carré autour duquel les invités pourront s'asseoir ; en son centre, un miroir aquatique a été conçu. Fabio a placé des arches fleuries en métal noir pour délimiter le lieu de réception ; des voilages blancs masquent les câbles métalliques qui soutiennent de magnifiques lustres qui se refléteront dans l'eau et miroiteront dès que le jour baissera. Trois violoncellistes joueront pendant le dîner. Ludovica installe les chaises et le tapis blanc qui mènera jusqu'à l'autel. L'un des fils officiera ; je l'ai vu faire les cent pas au fond du jardin, son *speech* entre les mains. Les fleurs seront disposées à la dernière minute, à cause de la chaleur. Soixante-dix personnes sont attendues. Juliette m'avait précisé que seuls les amis et la famille proche étaient conviés.

Je décide de m'accorder une pause avant le grand ramdam, et d'en profiter pour aller voir où en sont les mariés. Je tombe sur Richard dans l'un des salons, un livre à la main et une coupe dans l'autre. Zen comme un moine bouddhiste sous tranquillisants.

« Ah, ma chère Valentina ! Tout va bien ? Une petite coupe ?

— Non non, merci Richard, sans façon. Oui, tout est prêt. Et vous, pas trop stressé, j'ai l'impression…

— Pas du tout ! Je me suis amusé comme un petit fou en écrivant mon discours. Quelle formidable thérapie ! Merci beaucoup du conseil. Je suis sûr que nous avons pris la bonne décision.

— Oh, tant mieux ! En attendant, si vous avez besoin de moi, vous savez où me trouver. Vous avez vu Diane ?

— Oui, à l'étage. Elle se prépare. Juliette m'a interdit de monter. »

La maison louée pour l'occasion est immense, à tel point que je me perds dans les couloirs.

Au passage, je surprends une dispute derrière une porte et crois reconnaître la voix de Juliette. Je tends l'oreille ; c'est à présent un homme qui parle.

« Tu me fais chier, j'en peux plus ! »

Alors que j'entends des pas approcher, je me faufile dans la pièce adjacente pour me cacher. De l'autre côté du mur me parviennent des sanglots qui me serrent le cœur. S'il s'agit effectivement de Juliette, elle n'est pas au bout de ses peines, la pauvre… J'hésite à la rejoindre, mais je ne dois pas me disperser : il faut encore que je passe voir la mariée, et puis les invités vont commencer à arriver. Ce n'est pas le moment de verser dans les sentiments.

La porte de la suite nuptiale est restée entrouverte. Je la pousse en m'annonçant ; on m'invite à entrer.

Diane, parée de sa magnifique robe, est lascivement allongée sur le canapé. Son amant s'est brusquement levé et rajuste ses vêtements. Je les prie de m'excuser d'interrompre un moment d'intimité, mais Diane, très détendue, me suggère de m'asseoir. N'importe qui aurait pu découvrir le pot aux roses, mais personne ne semble stressé – sauf moi, bordel !

« Je ne fais que passer pour voir si tout va bien, si vous n'avez besoin de rien. Vous êtes magnifique, Diane.

— Merci, ma chérie. J'adore votre nouvelle coupe ! Ça vous rend tellement femme, tellement sexy… »

Je sens que je rougis. Elle m'assure qu'elle a tout ce qu'il faut sous la main, en jetant un regard coquin à Jean-Pierre. Je m'éclipse *illico presto* : j'en ai déjà trop vu.

Dans le jardin, l'installation est au point. En cuisine, tout roule aussi. Mais Laura est introuvable. J'interroge l'un de ses serveurs, qui me répond par un haussement d'épaules.

« Elle était là y a cinq minutes, m'dame. »

J'en déduis qu'elle doit courir en tous sens.

De son côté, Fabio décharge de sa camionnette les dernières compositions florales. Je lui propose un coup de main, qu'il accepte, mais sous conditions.

« OK, mais après, on se boit une bière avant que tout le monde débarque ! »

Il ne nous faut pas dix minutes avant de décapsuler deux bouteilles dans la cuisine, où Laura refait son apparition, les yeux rouges.

« Laura, tout va bien ?…

— Oui, oui, toujours ces foutues allergies ! »

Elle ment : elle a pleuré. Je n'insiste pas mais me promets d'éclaircir cela plus tard. Fabio l'incite à trinquer avec nous.

« D'accord, pour deux petites minutes », répond-elle en affichant un sourire forcé.

Cette pause nous requinque juste assez pour nous remettre au travail. En quittant la cuisine, un serveur nous rattrape.

« Pardon, mais il va nous manquer quelqu'un pour ce soir, m'annonce-t-il.

— Mince ! Comment ça ? Laura m'a dit qu'elle avait embauché deux extras. L'un d'entre eux ne s'est pas présenté ?

— Ah si, si, il est venu ! Mais quand il a compris que Laura était la cheffe, il a balancé : "Moi, je bosse pas pour le travelo !" Puis il a craché par terre et a rebroussé chemin.

— Et vous ne lui avez pas pété la gueule, à ce connard ? hurle Fabio.

— Euh, non… On ne voulait pas faire d'histoires… »

Je signale à Fabio de ne pas en rajouter.

« Vous avez eu raison. Ça ne sert à rien de réagir à la bêtise par la violence. Je retourne voir Laura. »

Je la trouve la tête dans le réfrigérateur, d'où elle sort des bouquets de fines herbes. Comme je lui relate ce que je viens d'apprendre, elle me jure que *tout va bien*, que ce n'est rien du tout, qu'elle a l'habitude, et que je ne dois pas m'inquiéter.

Je rétorque :

« S'il te plaît, il ne faut JAMAIS s'habituer à ce genre de comportement ! »

Ma remarque la fait sourire : je lui rappelle Éléonore. Fataliste, elle pense qu'il est impossible de la protéger contre l'intolérance.

C'est alors que la porte de la cuisine s'ouvre avec fracas. Fabio apparaît, habillé en serveur, dans une chemise un peu trop serrée.

« Madame la cheffe, vous embauchez ? J'en ai terminé avec les fleurs, et je cherche un extra pour ce soir ! »

De : latuaziatina@gmail.com
À : auguribianca@gmail.com

J'ai organisé tout un tas de mariages, tu sais. Sauf le plus important. Celui de ton père et ta mère. Car Azzurra l'a tout bonnement refusé.

Lorsque ton père lui a fait sa demande, et que j'ai proposé mes services, elle a été catégorique : « Tu ne pourras pas être au four et au moulin, et je veux que ma témoin profite aussi de cette journée ! »

C'est donc de cette manière que j'ai appris le rôle qu'elle m'avait attribué.

À peine m'a-t-elle laissé le droit de lui recommander une *wedding planneuse* et de jeter un coup d'œil aux préparatifs. De quoi bien me frustrer… C'est comme imposer à un joueur titulaire de rester sur le banc.

Alors j'ai absolument TOUT donné pour son enterrement de vie de jeune fille. Bianca, crois-moi, j'en ai fait des caisses. Trois jours de festivités dans les Pouilles avec ses plus proches amies. Trois jours de surprises, de spas et de massages, de cadeaux, de discours larmoyants, de tonnes d'*orecchiette*, et de litres d'Aperol. Au point qu'Azzù m'a confié, après son mariage – magnifique, d'ailleurs –, s'être davantage amusée à son EVJF que pendant le jour J. J'avoue que j'ai jubilé… Mais à ta mère, j'ai sobrement répondu qu'elle exagérait. Oui, j'ai le triomphe modeste.

Azzurra voulait un mariage très simple. Grand-mère Concetta oblige, il a eu lieu à Milan pour la cérémonie laïque, et à Palerme pour la cérémonie religieuse. À part la messe qui a duré des plombes (on a d'ailleurs dû mentir au prêtre, en lui jurant nos grands dieux que non, tes parents ne vivaient pas déjà ensemble), tout le reste était parfait. Une cinquantaine de convives étaient réunis, en toute intimité, dans une grange aménagée au cœur de la campagne sicilienne. Les couleurs de l'automne, la lumière douce des lampions, la décoration soignée et raffinée, les plats typiques et délicieux…

Je n'oublierai jamais le regard de ton père quand il a découvert Azzurra dans sa robe. Il s'est mis à pleurer comme un enfant, et nous tous avec lui de voir ce grand garçon barbu aux épaules de rugbyman essayer de cacher ses larmes. On pouvait lire «*Quanto sei bella, quanto sei bella!*» sur ses lèvres, alors que sa future femme s'avançait vers lui.

Elle était belle, ta mère… Et plus encore dans ces circonstances. Sa tenue lui donnait des allures de déesse grecque, son port de tête et sa tiare les airs d'une reine.

Federico n'était pas en reste, avec son costume trois-pièces et son nœud papillon assorti au bouquet de la mariée.

Ils essayaient déjà d'avoir un enfant depuis plusieurs mois. Et ce jour où ils se sont promis de s'aimer pour toujours, tu étais leur plus grand projet. Promettre *jusqu'à ce que la mort nous sépare* paraît banal. Au fond, le sens véritable des mots nous échappe… Le moment est trop intense pour qu'on s'y attarde. Mais quand la mort se rappelle à nous, parfois de manière prématurée, on prend enfin véritablement conscience de cette formule : que c'est une belle connerie.

La mort peut bien venir tout gâcher ; ceux qui s'aiment continueront de s'aimer malgré elle.

34

« Papa, Maman, vous pouvez maintenant échanger vos vœux !

— Merci, mon fils. C'est ton vieux père qui va commencer, si tu le veux bien… Diane, il y a cinquante ans, on se disait oui. On était jeunes, amoureux, et incroyablement heureux. Nous n'avions rien dans les poches, mais nous pouvions compter l'un sur l'autre, et c'était l'essentiel. À tes côtés, j'ai tout appris, Diane. La patience, la persévérance… Et aussi à lever puis à baisser la lunette des toilettes. Ne riez pas, ça n'a rien d'inné chez nous, les hommes… Tu m'as donné beaucoup d'amour et quatre merveilleux enfants. Le rôle de père est le plus important et le plus beau que l'on m'ait jamais confié. Clairement pas le plus rentable, en revanche ! Je tenais donc à te remercier devant notre famille et nos amis de m'avoir offert cet immense cadeau. OK, super, je vais me mettre à chialer. »

L'assemblée rit en chœur, et Diane prend affectueusement la main de Richard pour l'encourager. Assise au fond du jardin, j'assiste à ce discours qui me file des bouffées d'angoisse autant qu'il me libère. Richard poursuit.

«Je m'apprête à te renouveler des promesses aujourd'hui, mais elles seront pourtant un peu différentes. Parce qu'on a vieilli. Parce qu'on a changé. Et… qu'il va bien falloir se lancer. Parce qu'on a aussi trop longtemps triché, et que le moment est venu de le dire.»

Je jette un coup d'œil inquiet en direction de Juliette. Son profil ne laisse rien transparaître. Diane prend le micro à son tour.

«Oui, Richard. Il est temps. Moi aussi, je tiens à te remercier. Pour avoir été un mari aimant et attentionné tout autant qu'un père dévoué. Pour avoir été à mon chevet quand la maladie a frappé. Et merci pour la cuvette des W.-C. Je crois que, l'un comme l'autre, nous avons fait de notre mieux, ces cinquante dernières années, pour honorer nos vœux de mariage. Cependant, l'une de nos promesses ne pourra être tenue. À vrai dire, on ne la tient déjà plus depuis longtemps, parce que certaines choses de la vie ne se décident ni ne se maîtrisent, à l'image de l'amour qui, petit à petit, s'en va. Juliette, Pierre, Maxime, Baptiste, nos enfants chéris, nous vous devons la vérité. L'amour s'en est allé aux noces d'argent, il y a vingt-cinq ans. En cachette, nous nous sommes haïs et déchirés, avant de préférer la paix. Nous avons accepté de ne plus vibrer l'un pour l'autre. Nous avons fait le deuil de ce que nous avions été, et nous avons appris à former une équipe autrement. À continuer d'être vos parents, ensemble…

— … Mais à dormir séparés ! conclut Richard, face à une assistance sidérée.

— Vous voulez dire que vous n'êtes plus ensemble depuis vingt-cinq ans ?! s'exclame Pierre.

— C'est ça, mon chéri, répond Diane. Pour autant, nous sommes heureux, amis, et ne souhaitons nullement divorcer. Nous tenions donc à cette cérémonie, afin de célébrer et fêter ce que nous avons été, et ce que nous sommes aujourd'hui.

— Juliette, ma petite chérie, tu étais si fière de nous… On ne voulait pas te décevoir. Mais les parents commettent des erreurs. Hélas, ils sont de simples humains comme les autres. Nous regrettons profondément de ne pas avoir été sincères avec vous. Notre mariage a pris fin il y a des années, voilà la vérité. Votre mère et moi espérons que vous pourrez nous pardonner… et profiter quand même de cette belle soirée ! »

Quelques rires fusent parmi les invités. Baptiste, le fils cadet, se redresse.

« Maman, Papa, si vous êtes heureux, c'est tout ce qui compte. »

Maxime l'imite, mais pour quitter la cérémonie sans un mot. Pierre, coincé entre son père et sa mère, semble chercher une formule et le bon comportement à adopter. Ses yeux s'accrochent à Juliette, assise face à eux. Et peu à peu toute l'assistance se tourne vers elle, tandis que je retiens mon souffle.

La jeune femme fixe le petit bouquet posé sur ses genoux. Enfin elle lève les yeux et gagne l'autel. J'ai du mal à déchiffrer son expression, mais elle est lumineuse ; elle sourit même. Elle hésite un instant en contrebas de l'estrade, puis gravit les quelques marches, avant d'étreindre ses parents l'un après l'autre. Elle essuie une larme sur la joue de son frère et se saisit du micro.

« Je vous invite tous à rejoindre vos tables. Allons déguster un repas succulent, boire et danser ! Célébrons Diane et Richard ce soir. On n'a pas dépensé tout ce pognon, pris des avions, enfilé des chaussures qui vont nous valoir des ampoules mémorables, on ne s'est pas mis au régime depuis Pâques en espérant rentrer dans nos habits de lumière, tout ça pour rien. Trinquons à l'amour qui arrive et à celui qui s'en va. Papa, Maman, merci d'être descendus du piédestal sur lequel je vous avais hissés. J'ai toujours voulu vous imiter et, aujourd'hui encore, je vais continuer… Merci de m'avoir libérée, moi aussi. Car j'en profite pour vous le dire : ça fait cinq ans que j'ai envie de divorcer. »

AUTOMNE

Carlo & Simone

35

Aujourd'hui, c'est mon anniversaire. Le premier depuis qu'Azzurra n'est plus là. Je suis allée lui rendre visite de bon matin avec Totò. J'avais apporté un beignet à la crème et une bougie, sur laquelle j'ai soufflé sans faire de vœu. À quoi bon ?

La chaleur est désormais moins écrasante ; on sent que l'été plie bagage. Je mords à pleines dents dans le beignet, puis plonge mon index dans la crème avant de tout engloutir. Azzurra détestait quand je faisais ça, alors que c'est clairement la meilleure façon de déguster cette merveille.

Nous sommes mercredi, et je suis déjà lessivée. Pourtant, le dernier mariage de la saison aura lieu ce samedi. D'ici là, je vais décéder. Est-ce qu'on a le droit de dire cela devant la tombe de son amie ?

La journée – MA journée – sera heureusement calme. J'ai annulé un rendez-vous chez la gynécologue – oui, je sais, quelle idée… mais le créneau a été calé il y a six mois, et je n'ai pas percuté sur le moment. Clairement, je préfère un anniversaire sans spéculum dans le vagin. Ludovica m'a assuré qu'elle gérait les urgences à l'agence et que je pouvais rester à la maison. Je me suis prévu un programme aux petits oignons : soupe, plaid et Netflix.

Totò gratte devant la porte de mon bureau depuis que nous sommes rentrés, sans que je comprenne pourquoi. Ce chien a des lubies, parfois… D'autant qu'il ne met jamais une patte dans cette pièce. J'ai beau lui ordonner de cesser – avec le doigt levé, une grosse voix et les yeux exorbités –, mon autorité légendaire se révèle absolument sans effet. Je pousse donc la porte, presse l'interrupteur et me dirige vers la fenêtre pour actionner le volet. Aérer cette pièce confinée depuis des mois ne lui fera pas de mal.

« Bon, tu vois bien qu'il n'y a rien, là-dedans ! Tu cherches quoi, au juste ? Ton jouet ? C'est ça que tu veux ? Il doit être sous le canapé… Viens, on va regarder. »

Mais Totò en profite pour s'allonger sous la fenêtre et rester prostré.

« Bon, eh bien… tant pis pour toi ! Franchement, tu pourrais au moins être sympa avec ta maîtresse le jour de son anniversaire. »

Je retourne vers la cuisine pour me préparer un grand *latte macchiato* avant de m'avachir dans mon canapé, sur lequel je finis par m'assoupir.

Mon sommeil est agité. Je rêve d'Azzurra, que j'aperçois au loin, dans la rue. Elle est emmitouflée dans un grand manteau, un bonnet sur la tête. Elle rit aux éclats. J'essaie de la rejoindre, mais j'en suis empêchée par l'affluence des passants, que je pousse et bouscule. Je demande pardon, tâche de me faufiler, puis m'agace. C'est comme si la foule se faisait de plus en plus dense, tandis qu'Azzù m'échappe, s'éloignant inexorablement et me laissant avec un cruel sentiment d'impuissance. Je m'impatiente et peste. Je sens les larmes affluer. Pourquoi m'est-il impossible de l'atteindre ?

C'est alors que je me réveille en sursaut, en ayant l'impression que la tristesse se diffuse dans chacune de mes cellules, tel un poison. Quand irai-je enfin mieux ? Quand cesserai-je de souffrir autant ?

Je me lève, pour mieux tourner en rond. Je me sers un verre d'eau – sait-on jamais : il noiera peut-être ma mélancolie – et observe par la fenêtre la grisaille engloutir Milan.

Mon téléphone sonne ; je crains un énième appel masqué, mais c'est le nom de Federico qui s'affiche. Je décroche : le visage de ma filleule apparaît sur mon écran. Et avec lui la joie point dans mon cœur.

« *Amore di zia !* »

Aidée par son père, elle entonne un « Joyeux anniversaire » approximatif, que je finis par chanter en chœur avec eux.

« Merci, vous deux. Quel beau cadeau ! Mais vous êtes où ? Pourquoi Bianca a un bonnet alors qu'il fait encore 25 °C chez vous ?

— J'ai peur qu'elle prenne froid.

— C'est un peu *too much*, si tu veux mon avis…

— Bon, tu as quoi de prévu, aujourd'hui ?

— Oh, rien de spécial, tu sais. J'ai envie de rester seule, je crois.

— Ah, eh bien c'est dommage. Hein c'est dommage, Bianca ? On va devoir faire demi-tour, alors.

— Quoi ? Pourquoi tu dis ça ?

— Parce qu'on est au pied de ton immeuble, banane ! Et c'est déjà l'hiver ici ; alors si tu préfères être seule, on ne va pas rester là à se geler les miches ! Tu nous accueilles, ou bien ? »

Je lâche mon téléphone sur le canapé et cours pieds nus et en pyjama jusqu'au rez-de-chaussée. Je ne sais pas si je pleure de surprise ou d'émotion, mais c'est en larmes que je leur ouvre la porte et mes bras.

« Eh bah merde, alors ! Moi qui croyais te faire plaisir…, se moque mon ami.

— Pardon, je suis nulle. Bien sûr que ça me fait plaisir ! Montez ! Je n'en reviens pas que vous soyez là. »

Ils ne restent que pour la journée. Fede n'a pas pu poser de congés, mais il savait à quel point cette date serait compliquée à vivre pour moi, alors il a décidé de m'apporter le seul cadeau que j'espérais. Je suis si touchée que je le remercie en boucle.

« Je suis allé à bonne école, pour les surprises d'anniversaire.

— Clairement ! Elle doit être très fière de toi, bravo. »

Bianca a encore grandi ; elle commence à peser son poids. Elle change à une vitesse folle. Fede, lui, semble épuisé. Je l'invite à se reposer pendant que nous regardons un Disney. Ensuite, nous irons déjeuner chez Laura.

Il accepte et, deux minutes plus tard, s'écroule. Je lance *La Reine des neiges*, dont Bianca raffole. Elle se blottit dans mes bras et, pour la première fois depuis très longtemps, je regarde un film en entier, d'une traite, sans me disperser, sans me lever, sans trop m'agiter. L'apaisement est immédiat, comme avec Azzurra – les tresses en moins.

Au déjeuner, à table, Bianca a fait un joli dessin. J'y ai vu un chien et des papillons ; son père, plus objectif, un gribouillis. Nous l'avons ensuite apporté à sa mère. Je les ai laissés seuls tous les trois. Il me semble que Fede en avait besoin. Puis nous avons flâné dans les boutiques et enchaîné les tours de manège, avant de devoir nous quitter, le cœur serré.

À l'approche de l'aéroport, alors que ma filleule montrait un avion de son petit index potelé, je lui ai expliqué à quel point il volait haut dans les nuages. Alors elle a froncé les sourcils, de cette petite moue que je lui connais bien, et a demandé : «*Mamma ?*» J'ai compris qu'elle associait le ciel à sa mère. Malheureusement, aucun avion ne nous emmènera jamais jusqu'à elle.

En revenant, je me suis arrêtée chez mes parents, qui tenaient à me fêter mon anniversaire. Je m'en serais volontiers passée, cette année.

Papa m'a offert une broche ancienne qu'il avait chinée, et Maman une écharpe tricotée par ses soins – je les ai remerciés vite fait bien fait. Elle a commencé à raconter pour la énième fois son accouchement, mais j'ai réussi à esquiver en prétendant me sentir un peu fiévreuse ; je préférais rentrer. Ils n'ont pas insisté. Enfin, presque pas. Car ma mère n'a pu s'empêcher de souligner à quel point je rendais tout sinistre, et que, quand même, je pourrais faire un effort le jour de son anniversaire – euh, du mien !

De retour chez moi, j'ai l'impression de retrouver mon cocon, et c'est comme si ma poitrine s'allégeait d'un poids. J'ôte ma veste, mon écharpe, mes ballerines ; j'ai bien l'intention de reprendre mon programme là où je l'ai interrompu ce matin. Je m'installe en tailleur sur le canapé, un plaid sur les genoux – Totò n'attend qu'un signe de ma part pour venir se lover contre moi. En tendant le bras pour saisir la télécommande, je remarque que la porte du bureau, face à moi, est toujours ouverte. Je me sens attirée comme un aimant. D'où je suis, je peux voir les cartons d'Azzurra empilés le long du mur. Il est peut-être temps d'arrêter de procrastiner…

Dans le premier carton, quelques vêtements sont soigneusement pliés. J'approche de mon visage le pull en haut de la pile et y fourre mon nez. Il est encore imprégné de l'odeur de l'assouplissant qu'elle affirmait ne pas sentir. J'enfile un gilet – celui qu'elle mettait immanquablement lors de nos longues soirées télé. « C'est glauque », dirait ma mère si elle me voyait – je t'emmerde, je lui répondrais… dans ma tête.

Un carnet « Mes petits bonheurs » apparaît. Azzù m'en avait touché un mot ; elle avait décidé de lister tous les soirs trois choses positives de sa journée. Je l'ouvre et souris : il semble qu'elle ait abandonné au bout de trois jours. Typiquement elle ! Cela me laisse tout de même neuf petits bonheurs à découvrir.

— L'odeur du pain chaud en passant devant la boulangerie sur le chemin du salon.

— L'arc-en-ciel apparu en fin de journée.
— Maman, qui paraît aller mieux.

— Fede, qui a reconnu ses torts et s'est excusé.
— La cliente qui m'a apporté du chocolat noir à quatre-vingts pour cent : un délice.
— La robe portefeuille à fleurs que je me suis achetée.

— L'apéro avec Vale aux Navigli.
— Le petit chat qui est venu se frotter à mes jambes.
— La raclée au squash que j'ai infligée à Papa.

Dans le deuxième carton s'entassent pêle-mêle des romans, de vieux CD usés à force d'avoir été écoutés, et pas rangés dans leur pochette, des photos ratées – de celles qu'on prenait à une époque où on ne pouvait pas les voir avant de les faire développer. Il y a aussi des bibelots, son dossier de maternité, sa tiare de mariée. Un jour, tout reviendra à Bianca. Ces objets, ces souvenirs racontent un peu ce que sa mère a été.

La tristesse revient avec ses gros sabots et ses fringues trouées. Je préfère aller me coucher. Trop d'émotions en une seule journée !

Mais alors que je referme le carton, une enveloppe bleue attire mon attention. Avec précaution, je l'extirpe d'entre deux livres et l'ouvre. Elle contient une carte d'anniversaire, un billet et un cachet.

« Vale, tu as trente ans. Ça n'arrive qu'une fois dans la vie. J'ai trouvé un vol de nuit, alors tu vas avaler ce petit comprimé, embarquer avec moi, et la fermer. Quand tu ouvriras les yeux, on sera à New York pour s'éclater…

Joyeux anniversaire, mon âme sœur.

Je t'aime. »

Je laisse tomber l'enveloppe au sol.

J'ai raté mon avion, avec six ans de retard.

36

« Valentina ? Bonjour, c'est Carlo. Tu vas bien ?

— Je vais bien, merci, et toi ? Pas trop stressé ?

— Un peu… Écoute, je sais qu'on est à deux jours du mariage, mais penses-tu qu'il serait possible de changer les plans de table ?

— Oui, bien sûr. Il y a beaucoup de modifications ? Des absents ? Des invités en plus ?

— Des absents, oui. En fait, il faudrait retirer des tables. La famille de Simone ne viendra finalement pas… »

Je connais Carlo depuis quatre ans environ. Nous nous étions rencontrés à une soirée chez des connaissances communes ; nous avions sympathisé, et j'avais eu recours à ses services pour acheter mon appartement. Carlo est courtier, avec un portefeuille de clients plutôt aisés – bien plus que je ne le suis, mais il avait accepté de m'aider.

Depuis cinq ans, il est en couple avec Simone, qui est architecte d'intérieur et fan de Taylor Swift. Je le précise, car son travail et sa passion lui prennent autant de temps – il est du genre accro.

Lorsque Carlo a fait sa demande, il m'a demandé de m'occuper de son mariage de A à Z. Il avait juste repéré un hôtel qui lui plaisait et se prêtait à la cérémonie, au bord du lac. Le plus dur a été de convaincre Simone qui, lui, rêvait de se marier sur une plage aux Seychelles. J'ai mis le paquet en lui présentant le projet en 3D, et j'ai asséné le coup de grâce en planifiant un dîner aux chandelles sur la terrasse de l'hôtel. Le lendemain, ils signaient le devis.

La famille de Simone n'a jamais accepté son homosexualité ; j'en avais été informée. Pourtant, elle semblait plus présente, ces derniers mois. Et grâce à Carlo, plutôt pugnace, un par un, les parents, les oncles, les tantes, les frères, les sœurs et les cousins avaient fini par accepter d'être de la fête. Apprendre qu'ils ont changé d'avis me chagrine – et m'exaspère aussi.

Je propose mon aide à Carlo. Peut-être que, en ma qualité de maîtresse de cérémonie, je pourrais arranger la situation ?

« Non, me répond-il, dépité. Je crois qu'on a tout essayé. J'aurais tant voulu lui épargner cette douleur… Je ne sais même pas si j'ai bien fait de vouloir les convaincre… Je savais que sa famille serait contre, je n'ai pensé qu'à moi. J'ai été égoïste… Comment puis-je me réjouir d'organiser une journée qui le rendra malheureux ? Je finis même par me demander si c'était une bonne idée de se marier, tu vois.

— Carlo, écoute-moi : Simone est *fou* de toi. L'idée de devenir ton mari le réjouit, ça se voit. Et il est excité comme une puce par tous les préparatifs. Bien sûr, avoir sa famille auprès de lui aurait été la cerise sur le gâteau, mais tu sais quoi ? Plus d'un gâteau se déguste sans cerise dessus. »

Il semble un peu rassuré et me remercie, puis raccroche.

Au bureau, Ludovica et moi nous activons pour reprendre les plans. L'occasion de repenser aux prémices du projet…

Avant de commencer à travailler pour Carlo et Simone, nous nous étions occupées d'un autre mariage homo, pour lequel les futurs époux – des Anglais – nous avaient réclamé la totale : strass, paillettes, feu d'artifice aux couleurs de l'arc-en-ciel, *gogo dancers* cachés dans le gâteau à étages. L'un des mariés, John, était vêtu d'un costume doté d'une cape de deux mètres. L'autre, qui s'appelait aussi John – en plus, c'était troublant à quel point ils se ressemblaient physiquement –, arborait un ensemble en cuir moulant blanc. Ça m'avait valu un neuf sur dix au jeu des anecdotes. Clairement *too much* et cliché, mais qu'est-ce qu'on s'était amusés !

Une fois sur le dossier de Carlo et Simone, nous avions tablé sur le même genre de propositions un peu… extravagantes. Carlo avait lu le dossier attentivement, jusqu'au bout, puis, avec une moue écœurée, m'avait demandé si nous nous moquions de lui…

Pas de *gogo dancer* à leur cérémonie, donc. Ils voulaient un mariage chic et sobre, qui s'annonçait merveilleux.

Mon téléphone sonne. Numéro masqué. Ça s'était un peu calmé, ces dernières semaines. Je n'en peux plus de ce harcèlement. Je soupire en rejetant l'appel d'un geste sec.

« Tout va bien ? m'interroge Ludovica.

— Ça ira mieux après un apéro. On y va ? »

37

C'est avec la gueule de bois de la veille et sous un crachin d'automne que je retrouve Azzurra pour un café.

« Laisse tomber, c'est plus de mon âge, de boire autant. Au moins, comme tu es morte jeune, tu ne connaîtras jamais les lendemains de cuite horribles ! Voyons le bon côté des choses. Oh, purée, j'ai un mal de crâne abominable… En plus, la barista m'a arnaquée ; à la fin, elle m'a rendu la monnaie sur trente euros, alors que je suis certaine de lui en avoir filé cinquante. C'est pas la première fois qu'elle me fait le coup. Tu veux que je te dise ? J'espère qu'elle dépensera chaque centime qu'elle m'a volé en médicaments antidiarrhéiques.

— Tu parles aux morts, maintenant, Valentina ? »

Tout à coup, le temps se fige. Une feuille semble tomber au ralenti du grand platane à deux pas, je la regarde danser dans les airs, je suis comme hypnotisée. Plus loin, une corneille se pose sur un banc et me fixe de ses yeux noirs. J'ai l'étrange impression d'être dans un tableau que j'aurais préféré admirer de loin.

Cette voix, je la reconnaîtrais entre mille. Je sais qui se trouve derrière moi. Je n'ai pas besoin de me retourner.

« Maman m'a dit que tu étais toujours fourrée ici… Et puisque tu ne réponds pas à mes appels, je viens à toi. Dans cet endroit lugubre… Est-ce qu'on peut *enfin* discuter ?

— Pourquoi voudrais-je parler avec toi, Gilda ? On n'a rien à se dire.

— Oh, quel honneur ! Tu te souviens donc de mon prénom. »

Je finis par pivoter pour lui faire face. Sept ans que je n'avais pas vu ma sœur. Elle a vieilli, les traits de son visage se sont durcis. Ses cheveux sont longs, désormais. Elle porte des lunettes à monture noire qui lui donnent un air sévère et froid. Pour autant, elle est radieuse, sous son parapluie transparent. Gilda a toujours été la plus belle. À mes yeux, en tout cas. Je sens un léger pincement au cœur, que j'ignore. Tout n'est qu'apparence, chez elle, Gilda la superbe ; je ne dois pas l'oublier.

« Qu'est-ce que tu veux ?

— Eh bien, retrouver ma petite sœur, tout simplement. Tu me manques, Vale. Est-ce que *ça*, tu peux le comprendre ? Tu ne crois pas que ce manège a assez duré ? Tu me fais la gueule depuis des années, pour des gamineries. On peut peut-être tourner la page… Regarde, me dit-elle en tendant l'annulaire de sa main gauche, je vais me marier ! Et sûrement fonder une famille bientôt. Tu as envie de passer à côté de ça ? À côté de mon bonheur ? À côté de tes futurs neveux et nièces ? Ils auront ton sang, eux ! Tu comptes les renier ?

— Félicitations, Gilda. Je suis heureuse pour toi. Mais va-t'en, maintenant. S'il te plaît.

— *Va-t'en ?*... C'est ce que tu as dit ?

— Oui, je te demande de partir. Tu as bien entendu. Ta présence me met mal à l'aise. Et j'aimerais me recueillir.

— C'est vraiment incroyable ! Même morte, c'est elle qui a tes faveurs, et tu préfères un macchabée à ta sœur vivante ! Elle gagne à tous les coups. Y compris six pieds sous terre. Elle est forte, hein ! J'ai cru que tu retrouverais la raison, après son accident. Que tu recommencerais à réfléchir par toi-même. Mais non. Elle t'a complètement lobotomisée, ma pauvre... Elle t'a grignoté le cerveau. Si elle avait été ton amie comme tu l'affirmais haut et fort, elle ne t'aurait pas séparée de ta propre sœur. Je suis de ta famille, enfin ! »

Longtemps, j'ai eu peur de Gilda. Aujourd'hui, en la regardant s'agiter, hystérique dans son manteau un peu trop grand pour elle, je prends conscience que le lien qui nous unissait jadis est définitivement rompu. Qu'elle n'a plus aucune emprise sur moi.

Alors je m'approche très calmement d'elle. Gilda me toise, hésite, recule d'un pas. La peur a changé de camp.

« Elle est là, ma sœur. Sous ce marbre, et dans mon cœur. Elle a été pour moi tout ce que tu n'as jamais su être, et que tu ne seras jamais. Je t'ai toujours tout pardonné, tout ce que tu m'as infligé pendant des années. Mais tu as commis l'erreur de trop. Tu as voulu nous séparer, Azzurra et moi. Parce que tu es une manipulatrice-née, que tu prends les autres pour des jouets, et que, lorsqu'ils *osent* t'échapper, tu es prête à tout pour les briser. Azzurra a toujours vu clair dans ton jeu; néanmoins elle respectait notre relation – après tout, tu étais ma sœur. Elle essayait de me prévenir et de me protéger, sans être médisante; elle me poussait à me rebeller, sans pour autant chercher à déclencher des disputes. Tandis que *toi*, tu ne supportais rien. Ni notre amitié ni l'amour pur et fraternel que nous nous portions. Tu en étais jalouse, parce que je n'étais plus ta chose. Tu as mis tant d'acharnement à tout détruire que tu as failli réussir. J'ai passé un an sans voir Azzurra à cause de toi – la pire année de ma vie. *Jamais* je ne te le pardonnerai ! D'autant que le temps avec elle m'était compté. »

Elle est restée stoïque, même si des mimiques qui ressemblaient à des tics nerveux imperceptibles ont commencé à la trahir. Je n'ai plus rien à dire. Je veux juste qu'elle disparaisse, à présent. De ce lieu d'abord, et puis pour toujours. Mais je sais bien qu'elle est incapable d'en rester là et de partir en silence. Un fin rictus se dessine sur ses lèvres minces.

« C'est donc ça que tu veux, Valentina ? Finir ta vie seule à parler aux morts ? Tu es pathétique, ma pauvre fille. Pathétique ! Tu n'as jamais été bonne à rien, de toute façon. Tu ne sais être que dans l'ombre des autres. Tu ne brilleras jamais. Je suis revenue parce que j'avais pitié de toi. Parce que Papa et Maman se font du souci pour toi. Mais la vérité, c'est que tu ne me mérites pas ! Peut-être qu'un jour tu comprendras ce que tu as réellement perdu. Et ce jour-là, ne compte pas sur moi pour te ramasser à la petite cuillère… Espèce de folle ! »

Et puis ses talons résonnent dans l'allée du cimetière.

Le regard dans le vide, je demeure prostrée et trempée sous l'averse qui a forci d'un coup. Pour autant, je me sens soulagée d'un poids immense. Totò, qui est resté couché à mes pieds toute la scène, jappe pour me ramener à la réalité. Alors que je me baisse pour le prendre dans les bras, un arc-en-ciel apparaît.

Je sais que c'est Azzurra qui me réconforte, à sa manière.

38

Gilda est de trois ans mon aînée. Enfant, elle était déjà brillante, jolie comme un cœur, et sûre d'elle. Je l'ai admirée dès mon plus jeune âge – pour sa détermination, son autorité et son élégance naturelles. J'enviais aussi son intelligence. Ma sœur avait un don pour remarquer les forces et les faiblesses d'autrui.

Elle a donc très vite détecté mes difficultés – de concentration et d'organisation –, ainsi que mon manque de confiance en moi. Elle me charriait beaucoup, appuyait là où ça faisait mal.

J'essayais de m'en moquer, mais, quand ma peine prenait le dessus, Gilda me câlinait ou m'offrait un petit cadeau pour se faire pardonner. Et elle finissait toujours par recommencer.

Néanmoins, ça n'a jamais entamé mon admiration pour elle. Je me disais que c'était à cause de son fort caractère. C'était d'ailleurs ce qu'affirmaient mes parents : elle agissait ainsi pour mon bien, pour m'endurcir, pour que je m'améliore…

J'y ai cru, longtemps. J'ai accepté les moqueries, pardonné les coups bas, encaissé les abandons quand elle n'avait plus besoin de moi. Elle m'a manipulée, j'étais sa poupée. Elle faisait de moi ce qu'elle voulait, tout simplement.

Dès le début, elle a vu d'un très mauvais œil mon amitié avec Azzurra. Elle a compris qu'un lien spécial se tissait entre nous. Et comme il lui était insupportable que j'aie l'amie qu'elle-même n'avait pas, elle a tout mis en œuvre pour me la prendre, puis pour simplement détruire notre amitié.

Elle avait tenté de sympathiser avec Azzurra – qui n'appréciait vraiment pas sa compagnie. D'autant qu'Azzù, contrairement à toutes les autres filles de notre âge, n'était pas liquéfiée d'admiration devant ma sœur. Bien au contraire, elle l'indifférait fondamentalement. Azzurra n'a jamais aimé les gens trop sûrs d'eux. Elle préférait les cabossés, les fêlés. Ceux qui doutent, qui se remettent en question ; ceux qui essaient et qui se trompent, pour mieux recommencer. Elle résidait là, la force, à ses yeux. C'étaient *eux* qu'elle admirait. Pas les stars et les *winners*. Et cette indifférence, Gilda ne l'a pas supportée.

Alors, en prédatrice digne de ce nom, elle a attendu, longtemps, pour fomenter sa vengeance.

Peu après le début de leur relation, Fede et Azzurra se sont séparés. Azzurra trouvait que ça allait un peu vite entre eux, et elle n'était pas sûre de vouloir quelque chose de sérieux tout de suite.

Ma sœur l'a appris et a réussi à s'introduire à une soirée où Federico était convié. Elle a patienté jusqu'à ce qu'il soit ivre mort, lui a fait des avances, et a passé la nuit avec lui. Le lendemain, dans son lit, elle a pris une photo de leurs deux visages collés l'un contre l'autre – Fede dormait encore – et me l'a envoyée.

Je n'ai rien dit à Azzurra. Et j'étais persuadée que Gilda tairait son aventure d'un soir : ce qu'elle espérait, c'était me faire souffrir, *moi*.

Azzurra a eu des histoires de son côté, et puis, quelques mois plus tard, Fede et elle se sont retrouvés. Federico lui a avoué immédiatement ce qui s'était passé avec Gilda, car il tenait à repartir sur des bases saines. Azzurra a jugé cela pitoyable, mais elle a pardonné. Après tout, ils étaient quittes.

Je me souviens encore de son appel ce jour-là.

« Alors là, j'ai un dix sur dix à te raconter ! Rendez-vous dans une heure au bar ! »

J'étais arrivée insouciante, prête à profiter d'une bonne soirée avec ma meilleure amie, jusqu'à ce qu'elle commence à se confier…

« Tu ne vas jamais le croire… Ta tarée de sœur s'est tapé Fede ! »

Instantanément, elle a compris. Elle a compris à mon regard, et sans même que je prononce un mot, que j'étais au courant. Et elle n'a pas supporté. La vraie trahison, pour elle, résidait dans mon silence.

Elle a juste articulé : « Putain ! Tu savais ? », avant de quitter l'établissement, furieuse et déçue.

Elle a souffert, moi plus encore. Et nous n'avons pas fêté mon trentième anniversaire ensemble. Gilda avait réussi son coup.

Elle était parvenue à me briser.

De : latuaziatina@gmail.com
À : auguribianca@gmail.com

Ta mère et moi sommes restées fâchées presque un an. Ça arrive, tu sais, dans les relations amicales ; c'est même à ce genre d'épreuves que tu différencies les copains des amis. Les premiers n'emprunteront qu'un bout de chemin avec toi, puis t'oublieront ; les vrais amis finiront toujours par revenir, pour continuer à tisser le lien qui s'est même souvent renforcé.

Azzurra a eu besoin de temps. Puis, un jour, après un mariage qui m'avait lessivée, j'ai reçu un texto d'elle.

« Je suis devant l'hôtel. Soirée pyjama ? J'ai des bonbons. »

J'avais, incrédule, dévalé l'escalier et bondi hors de l'immeuble. Et je l'avais trouvée tout sourire dans sa voiture.

Nous nous étions longuement enlacées sur le trottoir, ignorant les regards des passants, puis nous étions remontées en deux-deux dans ma chambre.

Des masques à l'aloe vera collés sur le visage, on avait fumé des clopes à la menthe (oui, on pouvait avoir ce travers, mais ne fume pas, toi : c'est de la merde !), regardé des épisodes de *Friends* jusqu'à n'en plus pouvoir (oui, c'est possible aussi !), et elle m'avait raconté des huit et des neuf sur dix plus incroyables les uns que les autres. Je crois avoir pleuré de joie de l'avoir retrouvée.

Nous n'avons plus jamais parlé de ma sœur, à l'origine de notre dispute. Et j'ai fait une croix sur Gilda. Pour toujours. Parce que j'avais enfin compris qu'elle ne voulait pas mon bien. Parfois, l'entourage proche peut être le plus toxique. Ceux qui sont censés te protéger deviennent un danger. Et le piège se referme.

Bianca, jamais personne ne doit agir ainsi. Je veillerai sur toi comme ta mère l'a fait avec moi. Malgré la distance. Cette foutue distance.

J'ai si peur de n'être qu'un vague souvenir quand tu seras en âge de lire ces mails. Qu'un simple visage un peu familier aperçu sur des photos… J'aimerais te voir grandir. Le rôle que m'ont confié tes parents me tient tant à cœur. Pourvu que je sois à la hauteur.

39

Une belle journée d'automne s'annonce, le temps idéal pour un mariage. Le soleil est doux, la lumière délicate. Fabio dispose les dernières fleurs au pied de l'autel.

Je l'ai aperçu embrasser Laura en cuisine, tout à l'heure. Je me suis éclipsée avant qu'ils remarquent ma présence. Fabio semble sur un petit nuage ; Laura, elle, a les joues si roses qu'on les croirait tartinées de dix couches de blush. Ahhh, l'amour ! Je ne me lasserai jamais de le voir naître, ni de le célébrer.

Carlo, déjà fin prêt, fait les cent pas dans le hall de l'hôtel.

« Je suis mort de trouille, me confie-t-il.

— Comme la majorité des mariés, c'est normal. C'est un grand jour ! »

Les invités commencent à affluer ; je vois Carlo les surveiller du coin de l'œil.

« J'espère qu'ils changeront d'avis… J'espère tellement qu'ils changeront d'avis et qu'ils viendront !

— Je l'espère aussi. J'ai laissé des chaises et des tables à disposition pas loin, si jamais. On pourra les installer très rapidement. Ne t'inquiète pas, je guette la porte. Détends-toi, et profite.

— Oui, tu as raison. Bon, je vais aller me repoudrer un peu le nez, je brille déjà », argue-t-il pour s'éclipser.

Tout le monde a pris place, et le pianiste joue une variation jazzy de la *Marche nuptiale*. Carlo, au bras de sa mère, s'avance dans l'allée parsemée de pétales. Une fois devant l'officiant, il se tourne pour admirer son futur mari. Simone, dans un magnifique smoking, marche vers l'autel soutenu par son beau-père, qui semble très fier d'accompagner son gendre vers son fils.

Je jette un coup d'œil vers l'entrée. Ludovica comprend et secoue la tête. Carlo cherche les absents dans l'assemblée. Un voile de déception masque ses traits.

Malgré tout, les deux amoureux échangent leurs vœux. Les mots qu'ils ont choisis sont drôles et tendres ; ils traduisent tout l'amour, le respect et l'affection qu'ils se portent. La nièce de Carlo s'approche à petits pas incertains pour apporter les alliances. Elle doit avoir le même âge que Bianca – cette image me pince le cœur et me rappelle à quel point ma filleule me manque. Il suffit de si peu de chose et si souvent pour la faire apparaître dans mon cœur.

Une fois les anneaux échangés, les mariés s'embrassent. Un feu d'artifice se met à crépiter à ce moment – la seule idée qu'ils aient conservée de la cérémonie de John & John. Le firmament se teinte des couleurs de l'amour. Je mesure ma chance de vivre ces instants précieux et d'exercer le plus beau métier du monde.

Alors que Carlo et Simone se dirigent, sous une pluie de pétales, vers la verrière où nous avons prévu le cocktail, j'aperçois une silhouette au fond du jardin.
Parmi les feuilles d'automne et tandis que la musique retentit déjà, la grande sœur de Simone apparaît, de manière inespérée. Elle est certes la seule, mais sa présence vaut tous les cadeaux.

De : latuaziatina@gmail.com
À : auguribianca@gmail.com

C'était un vendredi d'hiver. Cela faisait déjà trois semaines que je sautais sur mon téléphone dès qu'il sonnait, parce que ta naissance était imminente. Ce matin-là, j'ai bien failli me péter une jambe…

J'étais sous la douche, et un *ding* m'a signalé un texto de ta mère. J'ai coupé l'eau en catastrophe, bondi sur mon portable qui glissait comme une savonnette entre mes mains.

« Je crois que j'ai perdu les eaux… »

Je l'ai appelée sur-le-champ, du shampoing plein les cheveux et les oreilles, qui commençait à me dégouliner dans les yeux.

« Comment ça, tu *crois* que t'as perdu les eaux ? C'est pas le genre de truc dont on est à peu près sûre ?

— Bah, je sais pas si c'est les eaux ou si je me pisse dessus, en fait. »

Puis j'ai entendu une sorte de *splash*.

« Ah bah c'est sûr, maintenant… C'est les eaux. »

Azzurra faisait parfois preuve d'un flegme déconcertant. Moi, j'ai hurlé dans le combiné, excitée comme une furie.

« Putain, tu vas accoucher ! Azzù, tu vas accoucher ! Tu vas accoucher, nom de Dieu ! »

Elle conservait son calme, mais cette fois teinté d'autre chose.

« Euh… J'ai plus du tout envie, là, Vale. Je flippe complètement. Donc, je vais serrer les jambes et attendre que ça passe, d'accord ? »

Ton père était au bureau, à l'autre bout de Milan. Je l'ai prévenu que je conduisais ta mère à l'hôpital, où on l'attendrait. Il est arrivé avant nous, parce que ta mère a pris tout son temps. J'ai dû déployer des trésors de patience pour l'encourager et la rassurer, alors que je n'avais qu'une envie : la tirer par les cheveux, de peur qu'elle n'accouche sur le parking.

En vérité, elle aurait pu traîner davantage encore, parce que tu as mis des plombes à te décider. Peut-être que tu profitais des derniers moments tranquilles, peut-être que tu voulais faire monter le suspens. C'était long… mais long ! Ton père et moi nous relayions auprès de ta mère. Elle était tellement sur les dents à cause de la douleur qu'on jouait notre tour à pile ou face, devant la porte de la chambre. Je peux te le dire maintenant : ni l'un ni l'autre n'avait vraiment envie d'être celui qui morflait parce qu'elle se tordait à chaque contraction ; alors on essayait de se convaincre chacun à notre tour.

« Tu la connais depuis plus longtemps, vas-y, s'il te plaît ! »

— Ouais, mais c'est *toi* qui l'as mise enceinte, quand même… »

Exemple : dans une vaine tentative pour la soulager, j'ai suggéré à notre chère parturiente de se tourner sur le côté, parce que sa position sur le dos était trop inconfortable… Elle m'a alors lancé un regard glacial, puis la télécommande à la tête. J'ai donc fini par la boucler. J'en passe et des meilleures.

D'où tu étais, peut-être que le spectacle était si drôle que tu faisais durer le plaisir.

Après dix-sept longues heures (qui m'ont paru des années), Azzurra était enfin prête – ou c'est toi qui l'étais. C'était le moment de pousser, qu'elle disait, la sage-femme…

« Madame, il faut y aller, maintenant ! Il faut partir en salle d'accouchement ! »

Sauf qu'Azzurra était crevée, que la péridurale faisait enfin effet, et que la future maman aurait préféré dormir que pousser – « Allez, madame, poussez ! ». Personne n'osait la brusquer. J'ai lâché l'affaire immédiatement, et j'ai laissé ton père s'y coller. Azzurra l'a insulté comme jamais ; tout le couloir a pu en profiter.

Quelques minutes plus tard, tu naissais. Tu criais plus fort que ta maman, qui s'était enfin radoucie. Je suis restée dans la salle d'attente, trépignant jusqu'à ce que ton père vienne m'apporter des nouvelles. Ce n'est sans doute pas ordinaire, mais il était naturel pour chacun de nous trois que je sois présente. Aux côtés de tes parents, et à tes côtés, pour t'accueillir.

Lorsque j'ai enfin pu vous retrouver et te voir pour la première fois, Azzurra m'a pris la main avec beaucoup de douceur.

« Je te présente Bianca, ta filleule », m'a-t-elle dit.

J'ai cru que mon cœur allait exploser à la seconde. Je me suis penchée sur ton berceau, à l'instar de toutes les marraines du monde, et j'ai chuchoté juste à ton intention :

« *Ciao* Bianca. Bienvenue, ma puce. On va bien s'amuser, toi et moi, je te le promets. »

Et les marraines tiennent toujours leurs promesses…

Prépare ta valise.

On part à New York.

Joyeux anniversaire, ma filleule chérie !

HIVER

40

« Azzù, je t'ai apporté un peu de couleurs. Les cimetières sont trop glauques, à cette saison ! Faut s'accrocher pour garder le sourire, ici… C'est quoi, cette ambiance lugubre ? Je t'ai pris des tulipes, regarde comme elles sont jolies ! T'es contente, hein ? J'espère, parce qu'il faut que je te dise un truc qui ne va pas te plaire… Non, deux, d'ailleurs.

D'abord, je dois t'annoncer que Fede a rencontré quelqu'un. Une collègue, avec qui il m'a avoué être sorti deux ou trois fois. Il était rongé par la culpabilité, et je n'ai rien arrangé parce que, quand il me l'a raconté, je lui ai raccroché au nez. J'ai tellement eu envie de l'insulter, Azzù… Dans mon esprit, d'une certaine manière, il te trompait. Je suis sortie marcher, pour me calmer. J'ai avalé douze kilomètres. Totò a failli y passer. Puis j'ai rappelé ton mari, pour l'assurer que je souhaitais son bonheur et celui de Bianca, que c'était tout ce qui m'importait.

La vie doit continuer, mais putain, que c'est douloureux !

Ton mec a semblé soulagé d'avoir ma bénédiction. J'ignore ce que cette relation va donner, mais je n'ai pas eu le cœur d'en rajouter, après tout ce qu'il a enduré.

Je dois aussi t'informer que je ne vais plus pouvoir venir très souvent… C'est pas que j'aime pas l'ambiance cosy de ce cimetière, hein, mais je dois partir quelque temps. J'ai besoin de m'éloigner de Milan, d'écrire un nouveau chapitre, et de ne plus vivre dans le passé.

Je reviendrai au printemps. Je me suis engagée pour des mariages, mais Ludovica est prête à prendre les rênes. Moi, il me faut un nouveau challenge, rencontrer de nouvelles têtes, et m'éloigner un moment de ma famille. J'ai fait le tour du lac, à force ; les montagnes commencent à m'oppresser.

Je sais que tu seras là pour m'encourager. Je rêve de toi. Je continue de voir des papillons, des moineaux et des arcs-en-ciel un peu partout. Je sais que c'est toi. Et si ce n'est pas le cas, j'aime le croire.

J'ai loué une chambre d'hôtes pour deux mois. Ensuite, advienne que pourra. J'ai hâte de visiter ma nouvelle région d'adoption, de repérer des endroits sympas pour y organiser des mariages et, pourquoi pas, d'envisager l'ouverture d'une succursale.

Certes, je ne viendrai plus aussi souvent, mais je sais que tu ne m'en voudras pas.

Azzù, je m'en vais rejoindre ta Bianca. »

Fin

Les adresses mail de *Valentina* et *Bianca* existent.

Alors, si vous souhaitez leur écrire pour échanger avec elles, et pour que l'histoire continue, vous savez où les trouver.

REMERCIEMENTS

Yves Saint Laurent disait : « L'amour, le plus important dans la vie. Non, l'amitié est plus importante encore. » Et je dois dire que je suis carrément d'accord avec ce cher Yves.

C'est pourquoi je souhaitais commencer par remercier mes ami.e.s les plus proches, qui se reconnaîtront, pour la douceur et la folie de nos liens, qui me nourrissent quotidiennement et qui m'ont donné envie d'en faire un roman.

Merci, chères lectrices, chers lecteurs, d'avoir passé un moment – qui, je l'espère, a été agréable – avec Valentina et Azzurra. Je suis touchée par votre soutien et votre fidélité.

Merci à ma nièce d'amour. Un jour, Tata t'expliquera en quoi tu as été une véritable source d'inspiration pour cette histoire.

Merci aux équipes de mes maisons d'édition, et particulièrement à Delphine Roché pour ses remarques toujours justes, et son aide précieuse.

Merci à mon éditrice et amie Noëlle Meimaroglou. Pour tout, absolument tout.

Merci aux libraires, aux premiers relecteurs, à toute la communauté #booksta / #booktok, et à tous ceux qui contribuent à faire voyager mes livres jusqu'aux lecteurs.

Merci Stéphane Levallois pour cette nouvelle magnifique couverture.

Merci à mes enfants, mon mari et ma famille pour l'amour. Merci à ma *nonna* d'être ma bonne étoile.

À vous tous, je souhaite des amitiés sincères, folles et puissantes.

De la même autrice :

Ciao Bella, cherche midi éditeur, 2019 ; Pocket, 2020
Mamma Maria, cherche midi éditeur, 2020 ; Pocket, 2021 ; éditions Robert Laffont, 2024
Luna, éditions Robert Laffont, 2021 ; Le Livre de Poche, 2022
Sarà perché ti amo, éditions Robert Laffont, 2022 ; Le Livre de Poche, 2023
Un coup de soleil, éditions Robert Laffont, 2023 ; Le Livre de Poche, 2024

Retrouvez Serena Giuliano

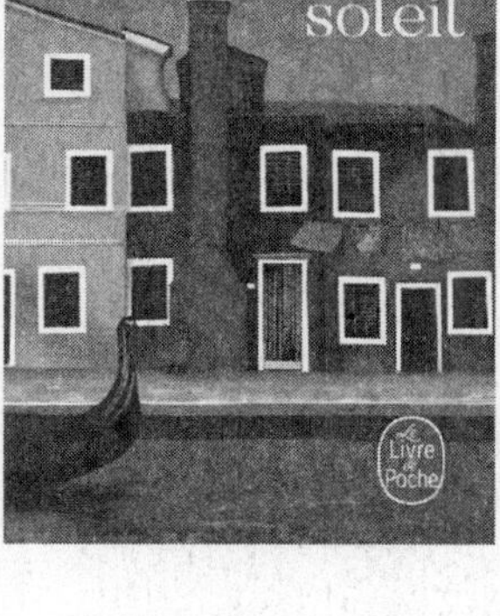

Bienvenue dans les Pouilles
à Villa Gloria
Une maison d'hôtes pas comme les autres…

Le nouveau roman de
SERENA
GIULIANO

Robert Laffont

PAPIER CERTIFIÉ

Le Livre de Poche s'engage pour l'environnement en réduisant l'empreinte carbone de ses livres. Celle de cet exemplaire est de :
100 g éq. CO_2
Rendez-vous sur
www.livredepoche-durable.fr

Composition réalisée par Lumina Datamatics, Inc.

Imprimé en février 2025 en France par
MAURY IMPRIMEUR – 45300 Manchecourt
Dépôt légal 1re publication : mars 2025
N° d'imprimeur : 282866
LIBRAIRIE GÉNÉRALE FRANÇAISE
21, rue du Montparnasse – 75298 Paris Cedex 06
marketing@livredepoche.com

11/5000/5